LE SANG DE L'ÉPOUVANTEUR

Joseph Delaney vit en Angleterre, dans le Lancashire. Il a trois enfants et sept petits-enfants. Sa maison est située sur le territoire des gobelins. Dans son village, l'un d'eux, surnommé le frappeur, est enterré sous l'escalier d'une maison, près de l'église.

À Marie

Ouvrage publié originellement par The Bodley Head,
un département de Random House Children's Books
sous le titre *The Spook's Blood*
Texte © 2012, Joseph Delaney
Illustrations intérieures et de couverture © 2012, David Wyatt

Pour la traduction française
© 2014, Bayard Éditions
18, rue Barbès 92128 Montrouge Cedex
ISBN : 978-2-7470-3857-7
Dépôt légal : février 2014

Loi n° 49-956 du 16 juillet 1949 sur les publications destinées à la jeunesse
Reproduction, même partielle, interdite

Traduit de l'anglais (Grande-Bretagne)
par Marie-Hélène Delval

JOSEPH DELANEY

bayard jeunesse

Le point le plus élevé du Comté
est marqué par un mystère.
On dit qu'un homme a trouvé la mort à cet endroit,
au cours d'une violente tempête,
alors qu'il tentait d'entraver une créature maléfique
menaçant la Terre entière.
Vint alors un nouvel âge de glace.
Quand il s'acheva, tout avait changé,
même la forme des collines
et le nom des villes dans les vallées.
À présent, sur ce plus haut sommet des collines,
il ne reste aucune trace de ce qui y fut accompli,
il y a si longtemps.
Mais on en garde la mémoire.
On l'appelle *la pierre des Ward*.

1
Reconstruction

C'était une belle matinée, comme la fin du mois de mai nous en offre parfois dans le Comté, et j'avalais mon petit déjeuner avec appétit, assis sur l'herbe, dans le jardin de Chipenden traversé de soleil et empli de chants d'oiseaux. L'Épouvanteur, perché sur une souche, souriait de contentement – pour une fois ! –, tandis que nous parvenaient un grincement de scie et une odeur de sciure.

La maison de mon maître, que l'armée ennemie avait incendiée, était en pleine reconstruction. La guerre qui avait ravagé le pays était à présent terminée, nous allions reprendre notre vie, celle d'un épouvanteur et de son apprenti, faite de luttes contre les gobelins, ombres, fantômes, sorcières et autres créatures de l'obscur.

– Je n'arrive pas à comprendre qu'Alice nous ait quittés comme ça, sans un mot, déplorai-je. Ça ne lui ressemble pas. D'autant que nous allons nous absenter quelques jours, elle le savait.

Mon amie Alice avait disparu trois nuits plus tôt. Alors que nous bavardions dans le jardin, je m'étais éloigné brièvement pour dire un mot à l'Épouvanteur. À mon retour, elle n'était plus là. Sur le moment, je ne m'en étais pas inquiété. Mais elle ne s'était pas montrée au dîner ; depuis, elle n'avait pas reparu.

– Ne prends pas ça trop à cœur, petit, soupira l'Épouvanteur. Il se peut qu'elle ne revienne pas. La nécessité d'utiliser la fiole de sang protectrice vous a liés un temps l'un à l'autre. À présent, elle est libre d'aller à sa guise. Et son long séjour dans les territoires de l'obscur n'a pas arrangé sa personnalité...

Ces paroles étaient dures et injustes envers Alice : elle avait tant de fois combattu à nos côtés ! Mais, parce qu'elle était née à Pendle et avait suivi pendant deux ans une formation de sorcière, John Gregory lui refusait toujours sa confiance. Il serait trop content d'être débarrassé d'elle ! Sans cette fiole de sang qu'elle avait créée, en Grèce, pour tenir le Malin à distance, nous aurions été entraînés tous les deux dans l'obscur. Or, cette protection était devenue inutile. Nous avions entravé et décapité le Malin. Sa tête était à la garde de Grimalkin, la tueuse des Malkin, qui la tenait hors de portée des serviteurs de l'obscur. Car, si les deux parties de son corps étaient réunies, le Malin serait libéré. Ce qui entraînerait des conséquences terribles, et pas seulement pour le Comté. Un nouvel âge de ténèbres s'abattrait sur le monde. Nous avions obtenu un délai ; il nous restait à trouver le moyen de détruire le Démon définitivement.

La dernière phrase de mon maître, en particulier, m'avait blessé. Le Malin avait emporté Alice dans son domaine ; au retour, elle était tout autre. Ses cheveux avaient blanchi, mais je craignais surtout les dommages que son âme avait pu subir au contact de l'obscur. Elle avait exprimé la même crainte : redeviendrait-elle jamais elle-même ? Supporterait-elle encore la présence d'un apprenti épouvanteur à ses côtés ? Après avoir affronté ensemble tant de dangers, nous étions devenus très proches, et cette nouvelle séparation me navrait. Je me rappelai une parole de mon père – un homme empli de sagesse :

« Vois-tu, Tom, tout est en perpétuelle évolution en ce monde ; rien n'est immuable. Il faut l'accepter et apprendre à vivre avec. »

Il avait raison. J'avais grandi heureux au milieu de ma famille, dans notre maison. Maintenant, mon père et ma mère étaient morts, et ces moments ne reviendraient jamais. J'espérais que mon amitié avec Alice ne connaîtrait pas la même fin.

– À quoi ressemble Todmorden ? demandai-je, préférant changer de sujet.

Il n'y avait pas de discussion possible avec mon maître quand il s'agissait d'Alice.

– À vrai dire, petit, mon travail ne m'a encore jamais conduit jusqu'à cette ville. Tout ce que je sais, c'est que Todmorden chevauche la frontière est, délimitée par le Calder. De sorte qu'une moitié de la ville est dans le Comté et une moitié en dehors. Sur l'autre rive du fleuve, les coutumes et les façons de vivre diffèrent des nôtres. Nous avons beaucoup voyagé, ces deux dernières années – la Grèce, l'île de Mona, l'Irlande – et chaque pays nous a posé des problèmes particuliers. Mais ce n'est pas parce qu'on ne va pas loin qu'il faut baisser la garde !

La bibliothèque de John Gregory – un trésor de connaissances sur les moyens de combattre l'obscur – avait été réduite en cendres. Or, la semaine précédente, la cloche accrochée au carrefour des saules avait sonné au milieu de la nuit ; un mystérieux messager nous avait laissé une lettre, brève mais directe :

Cher monsieur Gregory,

J'ai appris avec une profonde tristesse la destruction de votre bibliothèque. Recevez toutes mes condoléances. J'espère toutefois être en mesure de vous aider, car je possède une importante collection de livres sur l'obscur. Certains vous seraient peut-être de quelque utilité ? Je suis prête à vous les céder pour un prix raisonnable. Si ma proposition vous intéresse, venez me voir à Todmorden. J'habite la dernière maison en haut de la rue Torve.

Dame Fresque

Un seul ouvrage avait échappé au feu, le *Bestiaire* que mon maître avait lui-même écrit et illustré. Bien plus qu'un livre, c'était un document de travail annoté par tous ses apprentis – moi compris –, la somme d'une vie de travail, enrichie de découvertes faites par plusieurs générations d'épouvanteurs. Il espérait à présent reconstituer peu à peu sa bibliothèque. Néanmoins, il se refusait à prendre les livres de la petite collection restée dans le moulin, au nord de Caster, où avait demeuré Bill Arkwright, un de ses anciens apprentis. Si le moulin redevenait un jour la demeure d'un épouvanteur, le nouvel occupant aurait besoin de ces ouvrages. Pour John Gregory, le voyage à Todmorden représentait donc une grande chance.

Il avait d'abord pensé y aller tout de suite. Mais la reconstruction de sa maison lui importait davantage encore que l'acquisition de nouveaux livres. Il avait passé des heures à discuter des plans avec les maçons, et l'achèvement d'une nouvelle bibliothèque était sa priorité.

Espérant donner à Alice le temps de revenir, j'avais approuvé avec conviction :

– À quoi bon acquérir des livres si nous n'avons pas d'endroit où les ranger ?

Finalement, nous allions nous rendre chez cette Dame Fresque.

Environ une heure avant notre départ, j'écrivis ceci :

Chère Alice,

Tu as disparu sans prévenir, et je me fais du souci pour toi. Mon maître et moi partons ce matin pour Todmorden, où nous allons examiner une collection de livres dont on nous a parlé. Nous serons de retour dans deux ou trois jours.

Sois prudente ! Tu me manques.

Tom

À peine avais-je épinglé mon message à la porte de derrière toute neuve que je perçus le froid caractéristique annonçant l'approche d'une créature de l'obscur. Puis j'entendis des pas dans mon dos. Mon bâton était appuyé contre le mur ; je m'en emparai et pivotai pour faire face au danger.

Alice se tenait devant moi, échevelée, l'air épuisée comme après un long et pénible voyage. Elle me sourit, et l'impression de froid se dissipa. Néanmoins, ce bref avertissement me perturba. Jusqu'à quel point Alice avait-elle été contaminée par l'obscur ?

– Où es-tu allée ? m'écriai-je. J'étais très inquiet.

Elle m'étreignit sans un mot. La prenant par les épaules, je la tins à bout de bras :

– Tu viens de traverser de durs moments, on dirait. Mais, tu vois, tes cheveux reprennent leur couleur ; bientôt, ils seront comme avant.

Elle approuva de la tête, mais son sourire s'était effacé.

La mine grave, elle déclara :

– J'ai une chose importante à te dire, Tom. Et il est préférable que le vieux Gregory l'entende aussi.

J'aurais aimé passer quelques instants seul avec elle, mais elle insista pour voir mon maître immédiatement. J'allai le prévenir, et, la journée étant ensoleillée, il nous conduisit jusqu'au banc du jardin ouest.

L'Épouvanteur et moi nous assîmes, pas Alice. Cela me rappela les nombreuses occasions où mon maître se tenait là, debout, à m'enseigner, tandis que je prenais des notes ; l'idée que nous soyons à présent devant elle tels deux apprentis m'amusa.

Ce qu'Alice nous révéla me coupa vite toute envie de rire :

– Au cours de sa fuite, Grimalkin a trouvé refuge dans la tour Malkin. C'est une longue histoire, et elle vous contera les détails elle-même...

– La tête du Malin est toujours en sa possession ? l'interrompit l'Épouvanteur.

– Ça n'a pas été sans difficulté, mais jusqu'à présent, Grimalkin a pu la tenir en sûreté. J'ai de mauvaises nouvelles : Agnès Sowerbutts a été tuée.

– Pauvre Agnès ! lâchai-je avec tristesse. Ça me fait beaucoup de peine.

Agnès Sowerbutts, la tante d'Alice, nous avait maintes fois aidés dans le passé.

– Une des deux sœurs lamias est morte, elle aussi. L'autre, Slake, est désormais seule pour défendre la tour Malkin. Elle est assiégée et ne résistera pas indéfiniment. Selon Grimalkin, il est vital que tu te rendes là-bas, Tom. Les lamias ont étudié les livres de ta mère ; elles ont appris que c'est elle qui a imposé une limitation au Malin. En examinant plus précisément comment elle s'y est prise, tu pourrais découvrir le moyen d'en finir avec lui.

Les pouvoirs du Malin étaient en effet soumis à certaines conditions. S'il me tuait de sa main, il régnerait sur le monde pendant cent ans ; après quoi, il devrait retourner dans l'obscur. Pour un être immortel, ça ne représentait qu'une période trop brève. Mais, si un de ses enfants – une fille ou un fils né d'une sorcière – se chargeait de m'éliminer, le monde lui serait éternellement soumis. Il lui restait une troisième possibilité pour parvenir à ses fins : me convertir à l'obscur.

– J'ai toujours pensé que maman avait imaginé cette limitation en toute connaissance de cause, dis-je. Étant le septième fils qu'elle a eu de mon père – lui-même un septième fils –, je suis l'arme qu'elle a choisie contre le Malin. Qui parmi ses ennemis aurait été capable d'en faire autant ?

L'Épouvanteur approuva d'un air sombre. L'usage de la magie le mettait toujours mal à l'aise, et l'idée qu'une alliance avec l'obscur devienne nécessaire le troublait profondément.

– C'est aussi mon avis, ajouta Alice. Mais il y a autre chose, Tom. Quelle que soit la tactique à employer, cela devra s'accomplir à Halloween. Tout est basé sur un cycle de dix-sept ans, et le trente-quatrième anniversaire de la limitation créée par ta mère tombe le jour de la prochaine célébration. Ça ne te laisse que cinq mois à peine...

– Eh bien, petit, déclara l'Épouvanteur, il faut que tu ailles à la tour Malkin le plus vite possible. C'est autrement plus urgent que d'aller chercher des livres pour ma bibliothèque. Notre voyage à Todmorden attendra. Nous nous y rendrons à ton retour.

– Vous ne viendrez pas avec moi ?

Mon maître secoua la tête :

– Non, pas cette fois. À mon âge, l'humidité du Comté est mauvaise pour les articulations, et mes genoux me font souffrir. Je ne ferais que te ralentir. Avec la fille pour guide, tu gagneras la tour sans être remarqué. De plus, tu as plusieurs années de formation derrière toi, désormais ; il est temps que tu penses et agisses comme l'épouvanteur que tu seras bientôt. Je ne t'enverrais pas ainsi si je ne t'en croyais pas capable. Va, petit ! Je te fais confiance.

2
Des objets sacrés

Après cette conversation, je passai une heure avec les chiens. Griffe et ses rejetons, Sang et Os, maintenant adultes, étaient entraînés à chasser les sorcières d'eau. Ils avaient appartenu à Bill Arkwright, qui avait trouvé la mort en Grèce alors qu'il combattait l'obscur à nos côtés. À présent, les trois bêtes étaient à moi, même si mon maître ne les avait pas encore vraiment adoptées. Il avait promis de veiller sur elles pendant mon absence, mais je savais combien la reconstruction de sa maison l'occupait. Les chiens resteraient sûrement à la chaîne la plupart du temps. Je les emmenai donc pour une longue promenade, les laissant courir librement.

Moins d'une heure après mon retour, nous étions en route. Nous marchions vite. Chargé de mon sac et de mon bâton, je suivais Alice qui m'emmenait vers Pendle. Nous avions prévu d'y arriver au coucher du soleil, d'y pénétrer à la faveur de l'obscurité et de gagner directement la tour Malkin.

Sous mon manteau, dans le fourreau fabriqué pour moi par Grimalkin, je portais la Lame du Destin, que m'avait donnée Cuchulain, un des plus grands héros irlandais. La tueuse m'avait appris à me servir de cette arme prodigieuse, qui pouvait m'être d'une grande utilité.

Après avoir traversé la rivière Ribble avec plusieurs heures d'avance sur nos prévisions, nous contournâmes l'imposante et sinistre colline, dont la seule vue donnait le frisson. Si tant de sorcières vivaient ici, c'est que Pendle était un lieu particulièrement favorable à la magie noire.

Toutefois, nous nous tenions sur le flanc le plus sûr ; les villages des trois principaux clans étaient au sud-est, de l'autre côté de la colline. Les clans, nous le savions, connaissaient des divisions internes. Certains de leurs membres servaient le Malin, tandis que d'autres le combattaient. Si la situation était pour le moins compliquée, une chose demeurait claire : un apprenti épouvanteur n'était pas le bienvenu ici.

Nous contournâmes Downham, puis la pente nord de la colline, avant de bifurquer vers le sud. À partir de cet instant, chaque pas nous rapprochait du danger. Nous nous réfugiâmes donc dans un taillis pour y attendre la nuit.

Alice se tourna vers moi, et son visage n'était qu'un ovale pâle dans l'obscurité :

– J'ai encore une chose à te dire, Tom. Autant le faire maintenant.

– En voilà des mystères ! Est-ce une mauvaise nouvelle ?

– Pas en ce qui concerne la première partie ; la seconde risque de te perturber. Je vais commencer par le plus facile. Pour imposer ses limitations au Malin, ta mère a employé deux objets sacrés. L'un d'eux est dans une malle, à la tour Malkin. L'autre peut être n'importe où, et c'est à nous de le découvrir.

– Nous en possédons un, c'est un début. À quoi ressemble le second ?

– Grimalkin n'en sait rien. Slake a refusé de le lui montrer.

– De quel droit ? Elle est la gardienne de la malle, pas sa propriétaire !

– C'est ta mère qui en a décidé ainsi. Nul autre que toi, a-t-elle précisé, ne doit savoir ce que c'est et le voir.

– Slake a lu ça dans les écrits de maman qu'elle a trouvés dans la malle ?

Alice secoua tristement la tête :

– Non, Tom. Ta mère lui est apparue pour le lui dire de vive voix.

Je la fixai, stupéfait. Depuis la mort de maman, je n'avais eu de contact avec elle qu'une fois, sur le bateau qui nous ramenait de Grèce. Mais je ne l'avais pas vue ; j'avais seulement ressenti la chaleur de sa présence. J'avais eu alors la certitude qu'elle était revenue dire au revoir à son fils. À mesure que le temps passait, j'en étais de moins en moins sûr. Aujourd'hui, cela me paraissait un rêve. Mais, avait-elle vraiment parlé à Slake ? À cette idée, la colère me prit.

– Pourquoi à Slake ? Pourquoi pas à moi ? J'ai besoin de savoir ; je suis son fils !

Je sentis les larmes me piquer les yeux. Maman me manquait tellement ! Pourquoi ne m'avait-elle pas parlé, à *moi* ?

– J'étais sûre que tu serais blessé, Tom, mais je t'en prie, ne te laisse pas troubler. Il lui était sans doute plus facile de s'adresser à Slake parce qu'elles sont lamias l'une et l'autre. De plus, Grimalkin dit que les deux sœurs parlaient d'elle comme si elle était encore en vie. Et elles la vénéraient ; elles la nommaient « Zenobia ».

J'inspirai profondément pour me calmer. C'était logique. Maman avait été la première lamia, une puissante et maléfique servante de l'obscur. Puis elle avait changé : après avoir épousé mon père, elle avait renoncé à son ancienne vie pour devenir une ennemie du Malin.

– Elle me parlera peut-être, quand je serai à la tour, supposai-je.

– Ce n'est pas impossible, mais ne te berce pas trop d'espoirs, Tom ! À présent, j'ai quelque chose à te demander. C'est important pour moi ; néanmoins, je comprendrais que tu refuses.

– Je ne te refuserai jamais rien qui soit important pour toi, Alice ! Tu devrais mieux me connaître.

– Sur le chemin de la tour, nous passerons par la Combe aux sorcières. Une partie a été brûlée par les serviteurs du Malin, quand ils poursuivaient Grimalkin. Mais Agnès Sowerbutts a peut-être survécu. Elle était mon amie autant que ma tante. Elle m'a toujours aidée. Si elle est encore là, j'aimerais lui parler une dernière fois.

– Je croyais préférable d'éviter les sorcières mortes. Plus elles séjournent dans la Combe, plus elles changent ; elles oublient leur vie passée, leur famille, leurs amis.

– C'est malheureusement vrai, Tom. Au fil du temps, leur personnalité s'altère. C'est pourquoi les sorcières vivantes ne se mêlent guère aux mortes. Toutefois, Agnès n'est pas là-bas depuis très longtemps ; je suis sûre qu'elle se souviendra de moi.

— En supposant qu'elle ait survécu, comment la retrouveras-tu ? Il nous faudra arpenter la Combe, environnés de sorcières mortes. Certaines sont dangereuses !

— D'après Grimalkin, il n'y en a qu'une, désormais, qui soit véritablement à craindre. Et je connais un signal que j'utilisais parfois pour contacter Agnès : le cri de l'engoulevent. C'est elle qui me l'a enseigné. Quand elle l'entendra, elle se montrera.

Le soleil disparut, et le taillis s'emplit d'ombre. Quoique sans lune – elle ne se lèverait pas avant plusieurs heures – la nuit était claire, car le ciel scintillait d'étoiles. Prenant soin de rester à l'abri des haies, nous suivîmes un sentier sinueux pour rejoindre la tour Malkin en contournant la lisière de la Combe aux sorcières. Les traces de l'incendie y étaient visibles : une large trouée noire la traversait. De nombreuses sorcières mortes avaient dû périr, dont un grand nombre qui, ayant fait allégeance au Malin, auraient été prêtes à tout pour récupérer sa tête.

Nous fîmes halte à cinquante mètres de la pointe sud de la Combe. On y lisait encore les traces de la terrible bataille entre Grimalkin et les sorcières ennemies.

Alice plaça les mains en coupe autour de sa bouche et émit un son sinistre. L'appel de l'engoulevent me fit frissonner. La puissante sorcière d'eau, Morwène, avait pour compagnon un vultrace, dont le cri était presque identique, et l'entendre ravivait un de mes pires souvenirs : l'instant où elle avait surgi du marécage pour me harponner avec son ongle en forme de crochet ! Griffe m'avait sauvé en sectionnant d'un coup de dents le doigt de la sorcière. Sans cela, j'aurais été entraîné au fond du marais et vidé de mon sang avant même de m'être noyé. Je repoussai ces pensées dans un recoin de mon esprit et m'efforçai de me calmer en contrôlant ma respiration, ainsi que mon maître me l'avait enseigné.

Je n'aurais su distinguer le hululement d'Alice de celui d'un rapace, mais – m'expliqua-t-elle – elle l'avait légèrement modulé, en sorte qu'Agnès sache qu'il s'agissait d'elle et non d'un oiseau.

Toutes les cinq minutes, elle recommençait. Ce son qui se perdait sous les arbres avait quelque chose de surnaturel, et, chaque fois, mon cœur battait plus fort. Elle était sur le point de renoncer quand, après sa huitième tentative, je ressentis un froid caractéristique. Autour de nous, tout se tut. Il y eut un froissement d'herbes, suivi de curieux bruits de succion. Quelque chose se traînait sur le sol mouillé. J'entendis bientôt des grognements et des reniflements.

Une sorcière morte rampait vers nous. Ce pouvait être n'importe laquelle des habitantes de la Combe en quête de sang frais, pour qui nous étions de possibles proies. J'affermis donc ma prise sur mon bâton.

Alice renifla à deux reprises pour mesurer le danger.

– C'est Agnès, chuchota-t-elle.

La sorcière flairait notre piste sur le sol. Puis elle apparut, et la vision de cette misérable créature me serra le cœur. Agnès, dont la maison et la tenue avaient toujours été impeccables, portait à présent une robe en lambeaux, maculée de terre. Sa chevelure graisseuse grouillait de vers, et elle dégageait une forte odeur de feuilles pourries. J'avais eu tort de craindre qu'elle nous ait oubliés : dès qu'elle fut près de nous, elle se mit à sangloter. Puis elle s'assit, la tête dans ses mains.

– Pardon d'être aussi larmoyante, Alice, renifla-t-elle en s'essuyant les yeux avec sa manche. J'ai cru connaître la plus amère douleur à la mort de mon mari – je l'ai pleuré pendant une longue année –, mais ceci est bien pire. Je n'arrive pas à l'accepter. J'aurais voulu être dévorée par le feu. Je ne retrouverai jamais mon ancienne vie dans mon cher cottage. Je ne serai plus jamais heureuse. Si au moins j'étais forte ! Je quitterais cette Combe infecte la nuit pour chasser. Mais je ne peux espérer attraper que des insectes, des mulots et des campagnols.

Alice resta un moment silencieuse, et je ne trouvai rien à dire non plus. Quelle parole de réconfort aurais-je pu adresser à la pauvre Agnès ? Je ne m'étonnais pas que la plupart des sorcières vivantes fuient le contact de leurs parentes mortes. Voir une personne que vous avez aimée dans un tel état était insupportable.

Finalement, Alice me demanda :

– S'il te plaît, Tom, j'aimerais échanger quelques mots avec Agnès, seule à seule.

– Bien sûr ! Je vais attendre un peu plus loin.

Je m'écartai pour la laisser parler en privé avec sa tante. Pour être franc, je n'en étais pas fâché tant la vue de la malheureuse me causait de gêne et de tristesse.

Cinq minutes plus tard, Alice me rejoignit, les yeux brillants :

– Imagine ce que ça signifierait, Tom, si Agnès était forte ! Non seulement son existence en serait nettement améliorée, ce qui ne serait que justice, mais elle se montrerait une alliée très utile !

– Qu'est-ce que tu racontes ? bafouillai-je nerveusement, devinant que ce n'était pas une vague supposition.

– Imagine que je la rende forte...
– En usant de magie noire ?
– Oui. Je peux le faire. Savoir si je le *dois* est une autre histoire. Qu'en penses-tu ?

3

Des flots de sang

— Je croyais qu'une sorcière morte perdait ses pouvoirs magiques, qu'elle n'avait plus qu'une terrible soif de sang. En quoi ta propre magie aiderait-elle Agnès ? demandai-je.

— Il est vrai que la magie l'a désertée, reconnut Alice. Mais, en me servant de la mienne, je peux lui redonner de l'énergie. Ces forces nouvelles déclineront ensuite peu à peu ; néanmoins, l'existence dans la Combe lui sera moins pénible au cours des années à venir. De toute façon, son esprit se délitera à mesure qu'elle s'affaiblira, et elle ne se languira plus de son ancienne vie. Alors, quel mal y aurait-il à cela ?

– Et ses victimes ? Celles qu'elle tuera par besoin de sang ? Pour l'instant, elle assure sa subsistance avec des bestioles et des insectes, pas des humains !

– Elle ne prendra que le sang des serviteurs du Malin – ils sont assez nombreux pour étancher sa soif pendant un bon moment ! Plus elle en tuera, moins nous serons en danger, et plus nous aurons de chances de détruire notre ennemi.

– Tu es sûre qu'elle se contentera d'eux ?

– Je connais Agnès. Elle tient toujours ses promesses. Je lui imposerai cette condition avant d'entamer quoi que ce soit.

– Et toi, Alice ? Et *toi* ? protestai-je d'une voix altérée. Chaque fois que tu utilises tes pouvoirs, tu te rapproches un peu plus de l'obscur !

Je crus entendre mon maître en soulevant cette objection, mais je n'avais pu m'en empêcher.

– J'emploie mes pouvoirs pour survivre et pour vaincre. Je t'ai sauvé des griffes de la sorcière Scarabek et des mages caprins en Irlande, non ? J'ai empêché les sorcières de s'enfuir en emportant la tête du Malin ; et j'ai prêté un peu de mon pouvoir à Grimalkin pour qu'elle tue nos ennemies. Si je ne l'avais pas fait, elle serait morte, je serais morte, et la tête du Malin aurait été réunie à son corps. J'ai fait ce qu'il fallait faire, Tom. Redonner des forces à Agnès est peut-être aussi important.

– Vraiment ? Dis plutôt que tu ne supportes pas de la voir dans cet état !

Un éclair de colère traversa le regard d'Alice.

– Et alors ? Je n'ai pas le droit de secourir mes amis comme je t'ai secouru ? Pourtant, je t'assure que c'est plus grave que ça, beaucoup plus grave. Quelque chose se prépare, je le sens. Ça vient du futur, ça se rapproche, c'est noir et terrible. Agnès pourrait nous aider. Nous aurons besoin d'une Agnès forte rien que pour survivre. Crois-moi, Tom, ça vaudra mieux pour nous !

Je gardai le silence, affreusement mal à l'aise. Alice usait de magie noire plus librement que jamais. Elle avait redonné de l'énergie à Grimalkin et s'apprêtait à faire de même pour une sorcière morte. Jusqu'où cela nous mènerait-il ? Je savais que, quels que soient mes arguments, elle irait de l'avant et agirait à sa guise. Elle n'écoutait plus mes conseils ; notre relation se détériorait.

Elle soutint mon regard avant de pivoter sur ses talons pour retourner auprès d'Agnès. Elle s'accroupit, posa la main sur la tête de la morte et lui parla doucement. Je n'entendis pas ce qu'elle lui chuchotait, mais la réponse d'Agnès sonna aussi clair qu'un tintement de cloche. Elle ne prononça que trois mots :

— Je le promets.

Alice commença à psalmodier à mi-voix. C'était un sort de magie noire. Elle chantait de plus en plus fort, de plus en plus vite, au point que je surveillai les alentours avec inquiétude, sûr que chaque habitante de la Combe allait être alertée. Nous étions en plein territoire des sorcières ; les trois villages formant le Triangle du Diable n'étaient qu'à quelques miles au sud. On pouvait nous espionner, et ces incantations révéleraient notre présence.

Avec un cri à vous glacer le sang, Agnès se rejeta brusquement en arrière. Elle resta allongée sur le sol, gémissante, le corps secoué de spasmes. Je me précipitai, affolé. Étaient-ce les effets du sortilège ?

— Elle se sentira mieux dans quelques minutes, me rassura Alice. C'est douloureux, tant la magie est puissante, mais je l'avais prévenue. Elle avait accepté. Agnès est brave ; elle l'a toujours été.

Agnès finit par se calmer et se mit à quatre pattes. Elle toussa et haleta un moment ; puis, sautant sur ses pieds, elle nous sourit et je retrouvai fugacement un peu de la femme que j'avais connue. En dépit de son visage sale et de ses vêtements tachés de terre et de sang, elle semblait avoir retrouvé confiance. Il y avait cependant au fond de ses yeux une lueur avide que je n'avais jamais perçue chez l'Agnès d'autrefois.

– J'ai soif, dit-elle en regardant autour d'elle avec une intensité effrayante. Il me faut du sang ! Des flots de sang !

Nous reprîmes la route du sud. Alice allait en tête, Agnès sur ses talons. Je fermais la marche. Je ne cessai de surveiller les alentours et de me retourner, m'attendant à tout instant à une attaque. Des sorcières alliées au Malin pouvaient nous suivre ou guetter notre approche. En dépit de sa triste situation, leur affreux maître conservait le pouvoir de communiquer avec elles. Il profiterait de la première occasion pour nous faire capturer. Et Pendle était le pire endroit où se trouver.

Nous avancions à bonne allure ; Agnès, qui un peu plus tôt rampait avec difficulté, marchait maintenant au même pas qu'Alice. La lune ne tarderait pas à se lever ; nous devions atteindre le tunnel conduisant au sous-sol de la tour avant que sa lumière ne révèle notre présence à tout le voisinage.

Je pensais à Slake, la lamia survivante. Où en était sa métamorphose en créature ailée ? Peut-être avait-elle perdu l'usage de la parole, ce qui ne me permettrait pas de l'interroger. Or, je devais découvrir le plus tôt possible la nature des objets sacrés. J'espérais aussi entrer en communication avec ma mère, d'une façon ou d'une autre.

Nous suivîmes bientôt la lisière du bois des Corbeaux. L'entrée de la galerie menant à la tour était toute proche, dissimulée par les taillis touffus qui avaient envahi un ancien cimetière. On y pénétrait en traversant un sépulcre, construit pour les défunts d'une riche famille. Leurs ossements y reposaient encore, alors que les autres tombes avaient été vidées au temps où le cimetière avait été désaffecté.

Soudain, Alice fit halte, la main levée en signe d'avertissement. Je ne voyais que quelques pierres tombales au milieu des ronciers, mais je l'entendis renifler à trois reprises.

– Il y a des sorcières en embuscade un peu plus loin, déclara-t-elle. Elles ont dû nous voir venir par scrutation.

– Combien? demandai-je en préparant mon bâton.

– Elles ne sont que trois. Mais, dès qu'elles auront flairé notre présence, elles en appelleront d'autres.

– Autant qu'elles meurent vite, déclara Agnès. Je m'en occupe!

Sans nous laisser le temps de réagir, elle s'élança à travers les buissons et surgit dans l'espace dégagé devant le sépulcre. Les sorcières possèdent à des degrés divers le don du «long flair» permettant de mesurer l'approche du danger. Alice excelle à cet exercice, tandis que d'autres se montrent moins habiles. De plus, une attaque brusque et improvisée peut prendre l'ennemi par surprise.

Des cris montèrent de la petite clairière, aigus, déchirants, emplis de douleur et de terreur. Quand nous arrivâmes, deux sorcières étaient déjà mortes, et la tante d'Alice buvait à grandes goulées, la bouche collée au cou de la troisième, dont le corps était secoué de spasmes.

Qu'était devenue l'aimable Agnès Sowerbutts qui nous avait tant de fois secourus jadis ? Je la contemplai avec horreur.

Devant ma mine dégoûtée, Alice se contenta de hausser les épaules :

– Elle a faim, Tom. Qui sommes-nous pour la juger ? À sa place, nous en ferions autant.

Agnès leva la tête et nous sourit, les lèvres maculées de sang :

– Je termine ce que j'ai commencé. Entrez dans le tunnel, il n'y a plus de danger !

– Ne t'attarde pas. Il en viendra bientôt d'autres, la prévint Alice.

– Tant mieux ! Ne crains rien, fillette. Je vous rattraperai.

Nous la laissâmes à son festin pour nous diriger vers le sépulcre. Il était à peu près tel que je l'avais vu à mon dernier passage, deux ans auparavant. Le sycomore qui avait traversé la toiture était simplement un peu plus haut, le feuillage qui s'étendait au-dessus de cette demeure des morts, plus large, et son ombre, plus dense.

Alice sortit de sa poche un morceau de chandelle. Quand nous pénétrâmes dans le tombeau, la flamme de la bougie donna vie à l'obscurité, révélant les toiles d'araignée qui recouvraient les sarcophages et le trou noir qui marquait l'entrée du tunnel. Alice s'y introduisit la première et je la suivis. Après que nous eûmes rampé quelques instants, le passage s'élargit. Nous pûmes nous redresser et avancer plus rapidement.

Nous fîmes halte deux fois, le temps qu'Alice renifle un éventuel danger. Puis nous longeâmes le lac souterrain, autrefois gardé par l'antrige – le corps sans yeux d'un marin noyé ensorcelé par magie noire. Il avait été détruit par une des lamias, et les débris du cadavre s'étaient depuis longtemps enfoncés dans la vase. Seule une fade odeur vaguement écœurante témoignait encore de l'horreur que ces lieux avaient recelée.

Nous arrîvames bientôt devant la grille fermant les souterrains. Nous passâmes devant l'enfilade de cachots humides, dont certains étaient occupés par les squelettes de gens torturés par le clan Malkin. Aucun esprit n'errait plus par ici : lors de sa visite à la tour, mon maître avait déployé une grande énergie pour les envoyer vers la lumière.

Nous pénétrâmes enfin dans la vaste salle ronde où se dressait le pilier couvert de chaînes. Il y en avait treize, et à chacune était suspendu un animal mort : des rats, des lapins, un chat, un chien et deux blaireaux. Je me souvins de leur sang gouttant dans un seau rouillé. À présent, le récipient était vide, et les petits cadavres pendaient, desséchés et racornis.

– Grimalkin dit que les lamias ont créé cette potence pour célébrer un culte, me chuchota Alice. Comme une offrande à ta mère.

J'approuvai de la tête. L'Épouvanteur et moi avions découvert la raison de cette mise en scène. Maintenant, je savais. J'étais affronté à des choses qui n'avaient rien à voir avec la femme chaleureuse dont je me souvenais. Maman avait vécu une vie dépassant de beaucoup la longévité humaine, et l'époque passée à la ferme en épouse aimante et mère de sept fils n'en avait représenté qu'un bref épisode. Elle avait été la première lamia ; elle avait commis des actes auxquels je préférais ne pas penser. C'est pourquoi je n'avais jamais révélé à mon maître sa véritable identité. Je ne pouvais supporter l'idée que, apprenant ce qu'elle avait fait, il ait mauvaise opinion d'elle.

4

Celle que tu aimes le plus

Ne détectant aucun signe de présence, nous montâmes l'escalier qui suivait la courbe intérieure de la tour. Les lamias avaient élargi la trappe creusée dans le plafond en un trou irrégulier pour faciliter leur passage. Après l'avoir franchi, nous continuâmes l'escalade des marches de pierre, que les chaussures pointues de générations de sorcières avaient creusées. Les murs se renvoyaient l'écho de nos pas. Nous étions toujours dans les sous-sols, et de l'eau gouttait quelque part, dans l'ombre, au-dessus de nos têtes. La flamme de la chandelle vacillait dans les courants d'air.

Nous longeâmes bientôt d'autres cachots. Lors de notre dernier passage dans la tour, nous avions croupi quelque temps dans l'un d'eux, en grand danger d'y perdre la vie. Mais, quand deux des Malkin étaient venues nous égorger, Alice et Mab Moudheel les avaient poussées dans l'escalier, où elles s'étaient rompu le cou.

Quelque chose remua derrière la porte de notre ancienne prison. Levant sa chandelle, Alice y entra. Je la suivis en serrant mon bâton. Mais ce n'était qu'un rat, qui détala, sa longue queue ondulant derrière lui tel un orvet. Alors que nous reprenions notre montée, Alice jeta un regard sur cet endroit où nos ennemies avaient péri, et je vis qu'elle frissonnait.

Cette réaction bien naturelle me réchauffa le cœur. Si, par l'exercice de ses pouvoirs, Alice se rapprochait sans cesse de l'obscur, elle restait capable d'émotion. Elle ne s'était pas endurcie au point de perdre sa bonté naturelle.

– C'était une sale époque, commenta-t-elle en secouant la tête. Je n'aime pas me rappeler ce que j'ai dû faire ici.

Mon frère Jack et sa femme Ellie, ainsi que leur petite fille Marie, avaient été eux aussi emprisonnés dans ce cachot. Quand les sorcières avaient ouvert la porte, l'une d'elles avait lâché une phrase qui m'avait glacé jusqu'à la moelle : « Laissez-moi la gamine. Elle est à moi... » C'est à cet instant qu'Alice et Mab avaient attaqué.

– Tu as fait ce qu'il fallait faire, lui assurai-je. C'était elles ou nous. Et n'oublie pas qu'elles venaient tuer l'enfant.

Nous émergeâmes enfin dans le cellier, où régnait une puanteur de légumes pourris. Au-delà, on pénétrait dans les pièces autrefois occupées par le clan Malkin. C'était là qu'était la malle de maman, contenant ses livres et ses objets personnels. Elle était ouverte, et Slake, la lamia, se tenait à côté.

Les Malkin avaient volé trois malles dans notre ferme et les avaient transportées ici. Dans les deux autres étaient cachées les lamias, les sœurs de ma mère. Je les avais relâchées, et elles avaient chassé les sorcières de la tour. Après quoi, les malles étaient restées en sécurité dans la tour, sous la protection de leurs deux gardiennes.

Le visage de Slake avait repris une apparence bestiale, son corps s'était couvert d'écailles vertes et jaunes. Elle tenait ses ailes, presque entièrement formées, croisées derrière ses épaules. Je me demandai si elle avait conservé l'usage de la parole.

Comme si elle avait lu dans mon esprit, elle déclara d'une voix gutturale :

– Bienvenue, Thomas Ward! C'est un plaisir de te revoir. Lors de notre dernière rencontre, j'étais incapable de te parler; bientôt, j'aurai de nouveau perdu cette aptitude. J'ai beaucoup de choses à te dire, et le temps nous est compté.

Je m'inclinai avant de répondre:

– Je vous remercie d'avoir gardé la malle et ce qu'elle contient. J'ai appris avec chagrin la mort de votre sœur Wynde. Vous devez vous sentir bien seule, à présent.

– Wynde a péri avec courage, rauqua la lamia. Oui, je me sens très seule, après tant d'années heureuses vécues en sa compagnie. J'ai hâte de quitter la tour et de retrouver mes semblables, mais ta mère m'a ordonné de rester jusqu'à ce que tu aies connaissance de tout ce que tu dois savoir. Lorsque tu auras détruit le Malin, je serai libre de m'envoler.

– J'ai appris que la malle contenait un objet sacré susceptible de m'aider. Je peux le voir?

– Il n'est destiné qu'à tes yeux. Que la fille s'en aille pendant que je te le montre!

Je m'apprêtais à protester quand Alice dit en souriant:

– C'est normal, Tom. Je vais retourner au-devant d'Agnès.

Les serres de Slake frémirent.

– Il y a quelqu'un d'autre avec vous? s'étonna-t-elle.

– Vous vous rappelez la femme qui a été tuée en bas de la tour ? Elle s'appelle Agnès Sowerbutts, et votre sœur a transporté son corps jusqu'à la Combe aux sorcières, expliqua Alice. Elle est toujours une ennemie du Malin. Une sorcière morte aussi puissante qu'elle sera une alliée précieuse.

– Alors, va et amène-la, ordonna Slake.

Alice quitta la pièce, et le claquement de ses souliers pointus décrut peu à peu sur les marches de pierre. Resté seul avec la lamia, je me sentis soudain nerveux, tous les sens en alerte. Elle était dangereuse, d'une force formidable ; il n'était guère facile de se montrer détendu face à une telle créature.

– En vérité, siffla-t-elle, trois objets sacrés devront être utilisés pour détruire le Malin. Le premier est déjà en ta possession – la Lame du Destin que t'a donnée Cuchulain. Elle t'a été remise fortuitement. Sinon, tu aurais dû retourner en Irlande pour l'y chercher.

En employant le mot « fortuitement », Slake laissait entendre que l'épée m'avait été remise par hasard. Mais son nom suffisait à l'expliquer : c'était le destin qui me l'avait mise entre les mains. Nous étions faits l'un pour l'autre ; notre but commun était la destruction du Malin. Ou nous réussirions ou je mourrais au cours de cette tentative.

– Voici le deuxième objet, poursuivit Slake en fouillant dans la malle.

Sa main griffue en sortit un poignard. Je vis au premier regard que sa lame effilée était forgée dans un alliage d'argent, un métal particulièrement efficace contre les créatures de l'obscur.

La lamia me le tendit, et, à l'instant où mes doigts le touchaient, je sus que j'étais né pour porter cette arme. Bien que beaucoup plus petite, elle était la jumelle de la Lame du Destin : un pommeau en forme de tête de skelt, une lame représentant le tube osseux avec lequel la créature aspire le sang de ses victimes. Les skelts, mortellement dangereux, se tapissent dans d'étroites crevasses au bord de l'eau. Ils en surgissent pour plonger leur long tube dans le cou de quiconque passe à leur portée. J'avais été attaqué par une de ces créatures au temps où je travaillais avec le pauvre Bill Arkwright. Il lui avait écrasé la tête à coups de pierre.

À peine avais-je saisi le pommeau du poignard que ses yeux de rubis se mirent à pleurer du sang.

– A-t-il aussi été forgé par Héphaïstos ? demandai-je.

L'Ancien Dieu, le plus grand forgeron de tous les temps, était un créateur d'objets magiques.

Slake inclina son effroyable tête :

– Oui, c'est lui qui a forgé les trois objets sacrés. On les nomme « les épées du héros », bien que deux d'entre elles ne soient que des poignards. On prétend qu'ils ont servi d'épées aux Sergantis, le Petit Peuple qui vivait jadis au nord du Comté.

Je me souvins d'avoir vu les pierres tombales de taille réduite, ciselées dans le roc, sous lesquelles reposaient les corps des Sergantis. Entre leurs mains, des armes de cette sorte devaient en effet tenir lieu d'épée.

– Et je vais avoir besoin des trois ?

– Elles doivent être utilisées ensemble. Je sais où se trouve la troisième – en un lieu inaccessible aux mortels. Elle est cachée dans l'obscur, et celui qui l'en tirera devra faire preuve de bravoure, de pouvoir et d'astuce.

– Je n'ai guère de bravoure, dis-je, et je doute de mes pouvoirs. Pourtant, si quelqu'un doit s'aventurer dans l'obscur, c'est moi.

L'Ancien Dieu Pan me l'avait expliqué : chaque puissante entité de l'obscur y a son territoire privé. C'est un lieu gigantesque, aux domaines innombrables, le plus redoutable appartenant au Malin.

– Ta mère, Zenobia, connaît l'emplacement exact. Elle te l'indiquera elle-même, ainsi que la façon de procéder.

Je ne pus contrôler le tremblement de ma voix :

– Maman va me parler ? Quand ?
– Elle apparaîtra ici cette nuit. Elle ne se montrera qu'à toi. Ses paroles ne sont destinées qu'à tes oreilles.

Cette nuit-là, j'attendis dans la salle, près de la malle de ma mère. La flamme d'une unique chandelle vacillait sur la table, projetant contre les murs des ombres grotesques.
J'avais expliqué la situation à Alice, et elle n'en avait pas paru choquée.
– C'est normal, Tom, qu'après avoir été séparée de toi si longtemps, ta mère ne veuille parler qu'à toi seul, avait-elle déclaré. Au fond, il s'agit d'une affaire de famille ! Je me tiendrai à l'écart avec Agnès. Tu me raconteras tout demain matin.
Alice, Agnès et Slake s'étaient donc retirées quelque part dans les souterrains, me laissant à ma veille solitaire, exaltée mais anxieuse. Je me demandais sous quelle forme maman me visiterait. Serait-elle la féroce lamia aux ailes d'un blanc de neige tel un ange mythique, ou la mère chaleureuse et bienveillante qui avait veillé sur mon enfance ?
À notre arrivée, je m'étais préparé à fouiller dans la malle, afin d'en apprendre un peu plus sur le rituel qui détruirait le Malin. Slake m'avait dit que ce ne serait pas nécessaire. Sous la direction de ma mère,

elle avait déjà décodé et mis par écrit les instructions qu'elle me donnerait après que j'aurais rencontré maman.

Au début de la nuit, le désir pressant de la revoir me tint éveillé. Puis la fatigue l'emporta, et je dodelinai de la tête. De temps en temps, je m'éveillais en sursaut. Je tombai finalement dans un profond sommeil.

Soudain, je fus en alerte, le cœur tambourinant dans ma poitrine. La chandelle était morte, mais une pâle colonne lumineuse éclairait la salle. Maman était devant moi, telle qu'elle s'était montrée en Grèce, juste avant la bataille finale contre sa terrible ennemie, l'Ordinn. Ses hautes pommettes osseuses lui durcissaient le visage, ses yeux étaient ceux d'un prédateur. Un petit cri d'effroi m'échappa, et mon pouls s'accéléra. Je n'aimais pas la voir sous cette apparence. Elle n'avait rien de commun avec la femme qui avait été une mère pour moi et pour mes frères. Son corps était recouvert d'écailles, et des griffes acérées pointaient au bout de ses doigts. Mais ses ailes repliées aux longues plumes blanches étaient telles que dans mon souvenir. Peu à peu cependant, à mon grand soulagement, elle se métamorphosa.

Ses ailes s'étrécirent et disparurent dans ses omoplates ; ses écailles s'effacèrent, remplacées par une longue robe noire et un châle vert. Et, surtout, son regard s'adoucit, perdit sa cruauté pour s'emplir de bienveillance. Puis elle me sourit avec tendresse.

C'était maman, telle qu'elle était à la ferme, celle qui avait aimé mon père, élevé sept fils et été la sage-femme et la guérisseuse locale. Et elle n'avait rien d'une simple apparition; elle semblait aussi présente qu'au temps où elle se tenait dans notre cuisine.

Les joues ruisselantes de larmes, je m'élançai pour l'embrasser. Son sourire s'effaça, elle recula et leva une main comme pour me tenir à distance. Je la fixai, déconcerté, mes pleurs de joie changés en hoquets de déception.

– Sèche tes yeux, mon fils, dit-elle avec douceur. Je donnerais n'importe quoi pour pouvoir te serrer dans mes bras. Malheureusement, c'est impossible. Ton esprit est contenu dans une chair humaine tandis que le mien a une tout autre enveloppe. Si nous nous touchions, ta vie s'achèverait. Or, on a besoin de toi en ce monde. Il te reste beaucoup de choses à accomplir. Bien plus que tu ne l'imagines.

M'essuyant les yeux d'un revers de main, je m'efforçai de lui sourire en retour:

– Pardon, maman! Je comprends. Je suis si heureux de te revoir.

– Moi aussi, je suis heureuse. Maintenant, revenons à notre tâche. Je ne peux rester que quelques minutes.

– Tout va bien, maman. Dis-moi ce que je dois faire.

– Tu possèdes à présent le poignard, et tu as su acquérir l'épée par toi-même. Le troisième objet, tu le trouveras dans l'obscur. Il est caché au cœur du repaire du Malin, sous le trône, dans sa citadelle. Slake t'enseignera le rituel à accomplir pour t'en emparer. Lorsque ces trois objets seront en ta possession, tu seras capable de détruire le Malin à jamais. Avec seulement deux d'entre eux, j'ai pu lui imposer une limitation. Tu achèveras ce que j'ai commencé.

– Je ferai de mon mieux, promis-je. Je veux que tu sois fière de moi.

– Quoi qu'il arrive, Tom, je serai toujours fière de toi. Mais le plus difficile est devant nous... Même si j'avais possédé les trois objets, j'aurais échoué, parce que l'essentiel du rituel exige le sacrifice de l'être que tu aimes le plus sur cette Terre. Dans ton cas, il s'agit de *celle* que tu aimes le plus.

Abasourdi, j'ouvris la bouche, mais aucun mot n'en sortit.

Je réussis enfin à articuler :

– Toi, maman ? C'est *toi* que je dois sacrifier ?

– Non, Tom. Ce doit être un être vivant, et, bien que je connaisse ton amour pour moi, je sais qu'il existe en ce monde une personne qui t'es plus chère encore.

– Non, maman ! Ce n'est pas vrai.

– Interroge ton cœur, mon fils, et tu verras que si. Chaque mère doit accepter qu'un jour son fils lui préfère une autre femme.

Ce qu'elle me disait, tout au fond de moi, je l'avais toujours su. Ses mots m'anéantirent.

– Non ! Non ! Pas ça ! protestai-je.

– Si, mon fils. Cela me navre, mais il n'y a pas d'autre voie. Pour détruire le Malin, il te faut sacrifier Alice.

5
À quoi la fille va nous servir

– **S**acrifier Alice ? me récriai-je. Il n'y a pas d'autre moyen ?

– Non, Tom. C'est le prix à payer. Et elle devra donner sa vie volontairement. Je te laisse donc juger du meilleur moment pour le lui annoncer.

Maman marqua une pause avant de continuer :

– J'ai affronté autrefois une épreuve semblable, et j'ai été incapable de l'accepter. Mes sœurs ont tenté de me convaincre de tuer ton père ou de le leur livrer pour qu'elles le dévorent. Plus tard, elles m'ont suppliée de le sacrifier afin de renforcer mes pouvoirs magiques. Sans les objets sacrés, cela n'aurait pas suffi à détruire le Malin, mais j'aurais plus fortement limité sa puissance. Je n'ai pu m'y résoudre, car l'amour naissait entre ton père et moi. Et j'ai vu l'avenir : je te donnerais naissance, à toi, le septième fils d'un septième fils. Je ferais de toi l'arme qui détruirait le Malin.

Ces paroles me troublèrent. N'étais-je donc pour ma mère qu'un atout, un objet à utiliser dans la lutte contre notre ennemi, et non un fils chéri ?

– Je crois cependant que tu te montreras plus obéissant que moi. Tu as toujours fait preuve d'un grand sens du devoir, semé en toi par ton père et cultivé par John Gregory. De plus, le pouvoir de mon sang coule dans tes veines, et tu as hérité de mes dons. Sers-toi de tout ce que je t'ai légué. Tu *dois* détruire le Malin, quel que soit le prix à payer. Un échec entraînerait des conséquences effroyables. Imagine un monde esclave de l'obscur, aux prises avec les famines et les épidémies, plongé dans l'anarchie ! Les familles se déchireraient, le frère tuerait son frère. Hommes, femmes et enfants seraient la proie des serviteurs du Malin, lâchés en liberté, qui se repaîtraient de leur chair et s'abreuveraient de leur sang. Et toi, mon fils ? Tu saurais que cette horreur est due à ta défaite. Mais le pire est que tu ne t'en préoccuperais plus, car tu aurais cédé ton âme au Malin. Voilà ce qui arrivera si tu n'agis pas avec détermination. Le sort des habitants du Comté et du monde entier dépend de ta victoire. Je suis sûre que tu ne les abandonneras pas, en dépit du prix à payer. Je suis désolée, mon fils, mais je ne peux rester plus longtemps. Détruis le Malin, c'est tout ce qui compte. Telle est ta destinée ! Tu es né pour l'accomplir.

Son image commençait à pâlir, et je l'implorai désespérément :

– S'il te plaît, maman, ne t'en va pas ! Il faut qu'on parle encore ! Il y a sûrement un autre moyen ! Ça ne peut pas être vrai ! Je ne peux pas croire que tu me demandes ça !

À mesure qu'elle s'effaçait, elle redevenait la féroce lamia aux ailes immenses. Ses yeux cruels furent la dernière chose que je vis d'elle. Puis elle disparut.

La salle fut aussitôt plongée dans l'obscurité. Je tirai donc de ma poche mon briquet à amadou et, malgré le tremblement de mes mains, je réussis à allumer une chandelle. Après quoi, je m'assis sur le sol, à côté de la malle, et examinai le briquet, le tournant et le retournant entre mes doigts. C'était le dernier cadeau que m'avait fait mon père quand j'avais quitté la maison pour devenir l'apprenti de John Gregory. Revoyant cet instant avec les yeux de la mémoire, j'entendais encore ses paroles : « Je veux que tu l'emportes, fils. Il pourra t'être utile dans ton nouveau métier. Et reviens nous voir bientôt ! Le fait de quitter la maison ne t'interdit pas de nous rendre visite. »

Cet objet, en effet, je m'en étais servi à maintes occasions au cours de mon apprentissage.

Pauvre papa ! Il avait travaillé dur à la ferme et n'avait pas vécu assez longtemps pour profiter de sa retraite. Je me rappelai l'histoire de sa rencontre avec maman, en Grèce. Il était marin alors, et il l'avait découverte, liée à un rocher avec une chaîne d'argent. Maman avait toujours craint la lumière du soleil, et ses ennemis l'avaient abandonnée là, au flanc de la montagne, pour qu'elle meure. Mais papa l'avait sauvée en la protégeant de son corps.

Avant de revenir dans le Comté avec elle pour commencer une vie de fermier, papa avait vécu dans sa maison de Grèce. Une chose qu'il m'avait dite à propos de cette époque s'expliquait, à présent. Les deux sœurs de maman venaient parfois, le soir tombé, et elles dansaient toutes les trois autour d'un feu dans le jardin entouré de hauts murs. Il les avait entendues se disputer, et il avait compris que ces deux femmes en avaient après lui. Elles le regardaient avec hostilité à travers la fenêtre. Elles semblaient très en colère, et maman lui faisait signe de s'éloigner.

Les sœurs étaient Wynde et Slake, qui avaient été transportées jusqu'au Comté, cachées dans les malles de maman. Elles reprenaient chaque fois ces âpres discussions avec elle pour la persuader de renforcer les limitations du Malin en sacrifiant papa.

Un bruit de pas dans l'escalier menant au cellier me tira de mes réflexions. Je compris que c'était Slake, dont la démarche n'était plus humaine. Son apparition, dans la lueur tremblante de la chandelle, me glaça jusqu'aux os. Malgré ses ailes repliées, elle semblait prête à m'attaquer. Au lieu de ça, elle sourit, et je sautai sur mes pieds.

– Zenobia t'a parlé ? demanda-t-elle, d'une voix plus gutturale que jamais.

Je dus me concentrer pour comprendre ce qu'elle me disait.

– Oui, et je n'aime pas ce qu'on exige de moi.

– Ah, le sacrifice ! Elle a dit que ce serait dur, mais que tu étais un fils conscient de son devoir.

– Le devoir ! repris-je amèrement. C'est le mot qu'elle a employé. Mais pourquoi ferais-je ce qu'elle n'a pas su faire ?

Je défiai Slake du regard en m'efforçant de contenir ma colère. Si la lamia et sa sœur avaient agi comme elles l'entendaient, papa serait mort en Grèce, et ni mes frères ni moi ne serions jamais nés.

– Calme-toi, me dit la lamia. Prends le temps de réfléchir. De toute façon, tu ne peux affronter le

Malin tant que les trois objets sacrés ne sont pas en ta possession. Les trouver est ta priorité.

Cette fois, la rage me saisit.

– Le dernier est caché dans l'obscur, sous le trône même du Malin, rétorquai-je. Comment suis-je supposé m'en emparer ?

– Ce n'est pas à toi de le faire. C'est à quoi la fille va nous servir. Alice a déjà séjourné dans l'obscur, il lui sera facile d'y retourner. De plus, elle connaît le domaine du Malin. Et, tant que la tête du démon reste séparée de son corps, le danger est bien moindre.

– Non ! hurlai-je. Je ne lui demanderai jamais ça ! Après son premier séjour là-bas, elle avait presque perdu la raison.

– Celui-ci sera plus aisé, insista Slake. Elle sera peu à peu immunisée contre les effets délétères des lieux.

– Mais à quel prix ? En devenant de plus en plus proche de l'obscur jusqu'à lui appartenir totalement ?

En guise de réponse, la lamia fouilla dans la malle et en tira une feuille de papier.

– Lis d'abord ceci, me dit-elle. L'écriture est de ma main, mais c'est ta mère qui m'a dicté le texte.

Je pris le papier d'un geste incertain et entamai la lecture.

Le Noir Seigneur souhaitait que je rentre au bercail et lui fasse acte d'obédience une fois de plus. Je résistai longtemps, tout en prenant régulièrement conseil auprès de mes amis et de mes fidèles. Certains m'exhortaient à porter son enfant, le moyen qu'utilisent les sorcières pour l'éloigner à jamais. Mais cette seule idée me faisait horreur.

À cette époque, j'étais tourmentée par un choix qu'il me fallait faire. Des ennemis m'avaient capturée, me prenant par surprise…

Maman redisait ensuite ce que je savais déjà : comment, liée à un rocher par une chaîne d'argent, elle avait été sauvée par un marin – mon père –, qu'elle avait ensuite hébergé chez elle. Mais la suite me peina.

… Il m'apparut bientôt que mon sauveur avait des sentiments pour moi. Je lui étais reconnaissante, mais il n'était qu'un humain, et je n'éprouvais guère d'attirance pour lui.

Je pensais jusqu'alors que papa et maman s'étaient aimés dès le début. Du moins, c'est ce que mon père m'avait laissé entendre. Lui, il l'avait cru. Je dus m'obliger à poursuivre la lecture.

Or, j'appris qu'il était le septième fils de son père. Un plan commença à se dessiner dans ma tête. Si je lui donnais des fils, le septième serait doué de pouvoirs particuliers contre l'obscur. Mieux encore : l'enfant hériterait de certains de mes dons, qui augmenteraient ses autres pouvoirs. Cet enfant aurait un jour la capacité de détruire le Malin. Ce n'était pas une décision facile à prendre. John Ward n'était qu'un pauvre marin, un fils de fermier. Même si je lui achetais une ferme, je devrais vivre cette vie de labeur avec lui, dans la puanteur des étables et de la basse-cour.

Le souvenir de mon père me tira un sanglot. Nulle part il n'était question d'amour. Le seul but de ma mère, semblait-il, était de venir à bout du Malin. Papa ne représentait pour elle qu'un moyen de parvenir à ses fins. Peut-être n'étais-je que cela, moi aussi ?

Mes sœurs me poussaient à le tuer ou à le leur laisser. Je refusai : je lui devais la vie. Soit je le chassais de sorte qu'il trouve un bateau qui le reconduirait chez lui, soit je partais avec lui.

Levant les yeux du papier, je jetai un coup d'œil furieux à Slake, qui déplia agressivement ses griffes.

Elle était l'une de celles qui avaient voulu la mort de mon père !

Je repris ma lecture.

Mais, pour rendre possible cette seconde option, il me fallait d'abord limiter l'action de mon ennemi, le Malin. J'utilisai un subterfuge. À la fête de Lammas, j'organisai une rencontre entre lui et moi. Après avoir choisi l'endroit avec soin, je bâtis un grand feu et, à minuit, prononçai les incantations qui l'amèneraient temporairement dans notre monde. Il apparut au milieu des flammes, et je m'inclinai devant lui comme pour lui faire obédience. En réalité, je prononçais à voix basse un sort puissant tout en tenant dans mes mains deux objets sacrés. En dépit de ses efforts pour contrecarrer ma volonté, j'achevai avec succès le processus d'abornement. Je pouvais passer à la deuxième partie de mon plan, qui commençait avec mon voyage vers le Comté et l'achat d'une ferme.

C'est ainsi que je devins l'épouse d'un fermier et lui donnai six fils, et enfin un septième. Il fut appelé Thomas Jason Ward, le premier prénom choisi par son père, le second par moi, en hommage à un héros de mon pays d'origine dont j'avais été autrefois éprise.

Nous, les lamias, sommes coutumières des métamorphoses, mais les changements que le temps opère sur nous sont difficiles à prévoir. À mesure que les années passaient, j'acceptai mon sort et appris à aimer mon mari. J'approchai peu à peu de la lumière, je devins guérisseuse et sage-femme, apportant mes soins à mes voisins chaque fois que je le pouvais. C'est ainsi qu'un humain, John Ward, l'homme qui m'avait sauvée, m'ouvrit un chemin imprévu.

Ces dernières lignes me réconfortèrent un peu. Maman reconnaissait enfin avoir aimé mon père. Elle avait évolué peu à peu, devenant plus humaine. Avec un frisson, je pris conscience qu'aujourd'hui le contraire était vrai : elle avait abandonné son humanité pour devenir un être bien différent de la mère dont je me souvenais.

J'interrogeai Slake :

– Maman dit qu'elle tenait *deux* objets sacrés. Pourquoi l'un d'eux est-il maintenant dans l'obscur ?

– Crois-tu donc qu'il soit facile d'entraver le Malin ? siffla-t-elle en allongeant de nouveau ses griffes.

Elle montra les dents, et de la salive goutta de ses mâchoires. Je crus qu'elle allait se jeter sur moi. Mais elle relâcha lentement son souffle avant de reprendre :

– La lutte fut violente, Zenobia dut déployer toute sa magie. À l'instant où le Malin retombait dans l'obscur, il réussit à lui arracher l'un des objets.

Voici les instructions de Zenobia concernant le rituel. Lis-les ! ordonna-t-elle en me tendant une deuxième feuille de papier.

Je la pris, la pliai et l'enfonçai dans ma poche.

– Je les lirai demain, décrétai-je. J'ai déjà appris trop de choses qui ne sont pas à mon goût.

Sans prendre garde au grondement qui roula dans la gorge de Slake, je lui tournai le dos et m'engageai dans l'escalier menant aux remparts. Je ne voulais pas voir Alice tout de suite. J'avais d'abord besoin d'un temps de réflexion.

6

Demi-mensonge

J'arpentai les remparts de la tour Malkin comme un dément. Mon esprit, aussi agité que moi, allait et venait, piégé dans un labyrinthe de pensées. Quelle que soit la voie que j'explorais, je ne voyais aucune issue. Je revenais sans cesse aux deux questions qui m'obnubilaient.

Dirais-je à Alice qu'elle devrait retourner dans l'obscur ? Et étais-je prêt à la sacrifier ?

La nuit passa lentement tandis que je me tourmentais, sans savoir quelle décision prendre. À bout de fatigue, je m'appuyai au parapet, le regard fixé sur l'horizon. Par-delà le Bois du Corbeau, le ciel s'éclaircissait, et la masse imposante de la colline de

Pendle apparaissait peu à peu. Là, dans la pâle lueur de l'aube, j'entamai la lecture du rituel grâce auquel notre adversaire pourrait enfin être vaincu.

Voici quels moyens rendraient possible la destruction du Malin. Premièrement, tenir en main les trois objets sacrés. Ce sont des armes de héros, forgées par Héphaïstos. La plus grande est la Lame du Destin ; la deuxième est le poignard appelé Tranche Os, qui t'a été remis par Slake. La troisième est la dague nommée Douloureuse, ou parfois Lame du Chagrin, que tu devras reprendre à l'obscur.
Le lieu choisi devra être favorable à la pratique de la magie. C'est pourquoi le rituel sera célébré sur une haute colline à l'est de Caster, appelée la pierre des Ward.

Étrange coïncidence ! Je tenterais de détruire le Malin sur une colline portant mon nom ! Un frisson me parcourut, comme si quelqu'un avait marché sur ma tombe...

Je poursuivis ma lecture.

Le rite du sacrifice sanglant sera exécuté de manière précise. On construira un feu, capable de produire une chaleur intense. Pour cela, on bâtira d'abord une forge.
Tout au long du rituel, la victime consentante devra faire preuve d'un grand courage. Que la douleur lui arrache un cri, et tout sera perdu.

À l'aide de Tranche Os, on prendra les os du pouce à la main droite de la victime et on les jettera au feu. On fera de même avec ceux de la main gauche, à condition que la victime n'ait pas crié.

Après quoi, avec Douloureuse, on découpera le cœur de la victime, qui sera jeté encore palpitant dans les flammes.

La pleine signification de ce texte m'apparut dans toute son horreur : Alice serait chargée de reprendre à l'obscur la dague appelée Douloureuse, qui servirait à lui arracher le cœur au cours d'un cérémonial abominable. On lui demandait de s'aventurer de nouveau dans l'obscur pour en rapporter l'arme destinée à la tuer !

L'idée de devoir accomplir une telle atrocité me dévastait.

J'entendis alors des pas dans l'escalier. Reconnaissant un claquement de souliers pointus, j'enfouis en hâte le papier dans ma poche. Une seconde plus tard, Alice me rejoignait sur les remparts.

Elle posa une main sur mon épaule :

– Tu as vu ta mère ? Comment ça s'est passé ? Tu trembles, tu as l'air bouleversé.

– Oui, je suis bouleversé. Elle a terriblement changé. Elle n'est plus du tout celle dont je me souviens.

– Oh, Tom ! Tout le monde change. Si tu te voyais dans les années à venir, tu serais stupéfait de te découvrir si différent de ce que tu es aujourd'hui, empli de pensées et de sentiments inconnus. Nous changeons sans cesse, mais graduellement, de sorte que nous n'en avons pas conscience. Pour les lamias, le phénomène est spectaculaire. Ta mère n'y peut rien, Tom. C'est sa nature. Elle t'aime toujours autant.

– Tu crois ?

Elle me dévisagea attentivement :

– Qu'y a-t-il, Tom ? Quelque chose te tourmente, hein ? Quelque chose que tu ne m'as pas dit.

Je la regardai dans les yeux et pris une décision. J'allais lui confier *une partie* de ce que j'avais appris : qu'on lui demandait de retourner dans l'obscur. À aucun prix je ne lui révélerais qu'elle devrait sacrifier sa vie. Le rituel était horrible ; je me savais incapable d'accomplir un tel acte sur mon pire ennemi, à plus forte raison sur ma meilleure amie.

Aussi, là, sur les remparts, dans la grise lumière de l'aube et accompagné par les cris rauques des corbeaux, je lui servis un demi-mensonge :

– C'est terrible, Alice, mais il faut que tu le saches. Pour venir à bout du Malin, nous devrons utiliser trois objets sacrés. Je possède déjà les deux premiers – mon épée et un poignard appelé Tranche Os. Le troisième – une arme de héros qui est aussi un poignard – est caché sous le trône du Malin. C'est *toi*, Alice, qui as été désignée pour aller le reprendre. Mais j'ai dit que je m'y opposais.

Elle demeura muette un moment, ses yeux rivés sur les miens.

– Et le rituel, Tom ? demanda-t-elle enfin. Qu'as-tu appris ? Comment se déroulera-t-il ?

– Cela me sera révélé plus tard, quand les trois objets seront réunis, mentis-je.

Le silence retomba. Il dura longtemps. J'observai les nuages légers qui couraient vers l'est, cernés de rouge et de rose dans la lumière du soleil levant. Soudain, Alice se jeta dans mes bras d'un mouvement impétueux, et je la serrai follement contre moi. Jamais je ne pourrais la sacrifier ; il *devait* exister un autre moyen.

Quand elle s'écarta enfin, elle plongea son regard dans le mien :

– S'il le faut, je retournerai dans l'obscur pour y prendre ce dont nous avons besoin.

– Non, Alice ! Il n'en est pas question ! On trouvera une solution.

– Et si on n'en trouve pas, Tom ? Grimalkin ne tiendra pas indéfiniment la tête du Malin hors de portée de nos ennemis. Ils n'abandonneront pas la traque. Où que nous allions, nous serons en danger, car ils seront toujours sur nos talons. Ils nous guettent ici même, j'en suis sûre. Le Malin finira par revenir, plus puissant que jamais. Et il nous condamnera à une éternité de tourments. Là, un seul de nous deux doit prendre ce chemin. Je retournerai dans l'obscur, si c'est le prix à payer. Et j'en reviendrai, crois-moi !

– Non, insistai-je. Je ne te laisserai pas y aller.

– C'est à moi d'en décider, Tom. Il nous reste cinq bons mois avant Halloween, mais plus tôt j'aurai le poignard, mieux ça vaudra.

– Tu n'y retourneras pas, Alice ! criai-je. Souviens-toi dans quel état tu en es revenue !

– Cette fois-là, c'était différent. Le Malin m'y avait entraînée de force. Aujourd'hui, l'obscur est affaibli par son absence. Et j'ai acquis de nouveaux pouvoirs. Ne t'inquiète pas, je me débrouillerai.

Je ne répliquai pas. Même si elle réussissait, Alice ne ferait que se rapprocher de l'instant où elle était supposée mourir. La seconde lettre de ma mère était au fond de ma poche, et elle n'en sortirait pas.

Nous restâmes dans la tour jusqu'au soir, dans l'intention de la quitter à la nuit tombée afin de ne pas être repérés.

Pendant qu'Alice redescendait dans le souterrain pour tenir compagnie à Agnès, j'eus une brève conversation avec Slake. En sa présence, je lus la fin de la lettre de maman et pus l'interroger sur les passages qui me paraissaient obscurs. Et tout ce que j'apprenais me consternait. À la fin de notre entretien, j'étais au bord du désespoir.

Quand vint l'heure de partir, je déclarai à la lamia :

– Je ne reviendrai jamais ici. Vous êtes libre.

– Ce n'est pas à toi de me renvoyer, siffla-t-elle. Je resterai dans la tour jusqu'à Halloween. Après que le Malin aura été vaincu, je brûlerai les malles et rejoindrai mes semblables.

– Et s'il n'est pas vaincu ?

– Alors, ce sera terrible. Je n'ose imaginer les conséquences d'un échec. Tu *dois* accomplir ce qui est prévu.

– Ça, c'est à moi d'en décider, rétorquai-je. Néanmoins, je vous suis reconnaissant. Si un jour vous avez besoin d'aide, appelez-moi, et je serai à vos côtés.

Alice me dévisagea d'un air stupéfait. J'avais prononcé cette dernière phrase sans réfléchir, pourtant j'en pensais chaque mot. La nuit où le conventus avait convoqué le Malin sur la colline de Pendle, Slake et sa sœur s'étaient battues pour nous. Sans leur intervention, nous serions morts. Wynde avait péri ici, en défendant la tour. Et, bien que ce soit difficile à accepter, elle était une lointaine parente – une descendante de ma mère – ; je lui devais bien ça.

— Tu dis que ta mère a changé, déclara Alice comme nous nous engagions dans l'escalier. Mais toi aussi tu as changé, Tom. Tu as fait cette promesse à Slake sans même te demander ce que le vieux Gregory en penserait. Tu es plus épouvanteur que lui, à présent !

Je ne fis aucun commentaire. Cela m'attristait de constater le déclin de mon maître, mais je savais qu'Alice avait raison. Ainsi qu'il me l'avait dit la veille, je devais désormais réfléchir et agir en épouvanteur. Si nous marchions vers un avenir incertain, il était clair que le moment crucial approchait. Bientôt, pour le meilleur ou pour le pire, tout serait accompli.

Agnès nous attendait à la sortie du tunnel. Des mouches bourdonnaient autour de sa bouche, maculée de sang séché. Elle sentait la terre et la pourriture.

— On retourne à Chipenden, lui dit Alice. Je reviendrai te voir dès que possible.

La sorcière morte hocha la tête, et un asticot tomba à ses pieds en se tortillant.

— Viens me retrouver dans la Combe en cas de besoin. Toi aussi, Thomas Ward. Tu as une amie parmi les morts.

Alice lui tapota affectueusement l'épaule. Puis nous nous glissâmes hors de la galerie et sortîmes du caveau, au milieu des buissons qui envahissaient l'ancien cimetière.

Alice renifla à trois reprises :

– Je sens une demi-douzaine de sorcières, par ici ; celles-ci ne nous causeront plus de souci. Agnès a fait du bon travail.

Nous prîmes donc la route du nord, contournant Pendle pour rejoindre directement Chipenden. Agnès avait beau être une amie et une alliée, je notai qu'Alice ne lui avait pas parlé de sa prochaine incursion dans l'obscur. Les sorcières mortes s'éloignent des préoccupations humaines, et Agnès n'était plus quelqu'un en qui on pouvait avoir toute confiance.

7
Le traverser est dangereux

Quand nous entrâmes dans le jardin de l'Épouvanteur, les chiens galopèrent vers nous en aboyant joyeusement, et je dus les caresser et recevoir leurs coups de langue pendant une longue minute.

Je pensais que mon maître, alerté par leur raffut, s'avancerait pour nous accueillir, mais il ne parut pas. Y avait-il un problème ? Avait-il été requis pour une tâche quelconque ?

La fumée qui montait de la cheminée me rassura. Depuis le seuil de la cuisine, je vis John Gregory, assis près du feu, en grande conversation avec un étranger. Tous deux se levèrent à mon entrée.

– Voici Tom Ward, mon apprenti, dit l'Épouvanteur. Et la fille est cette Alice dont je t'ai parlé.

Se tournant vers moi, il poursuivit :

– Je te présente Judd Brinscall, un de mes anciens apprentis. Il a fait toute la route depuis Todmorden pour nous escorter jusque là-bas.

– Dame Fresque est une amie à moi, m'expliqua Judd. Elle est roumaine, mais vit désormais à Todmorden, et elle m'a envoyé découvrir ce qui avait retardé la visite de ton maître.

Judd Brinscall, plutôt petit et d'apparence fragile, devait avoir une trentaine d'années. Ses cheveux blonds qui se raréfiaient déjà formaient un contraste étrange avec ses sourcils très noirs et son visage tanné d'homme vivant au grand air. Il portait le manteau à capuchon des épouvanteurs, mais le sien était vert, rayé de brun et de jaune.

Je me souvenais d'avoir lu son nom, gravé en évidence sur le mur de ma chambre, où avaient dormi tous les garçons que mon maître avait formés.

Il eut un léger sourire :

– Mon manteau te surprend ? Au début, j'en portais un identique aux vôtres. Quand j'ai eu terminé mon apprentissage auprès de M. Gregory, il m'a offert de travailler deux ou trois ans de plus avec lui pour développer mes compétences. J'aurais bien dû accepter cette proposition, mais je venais de passer cinq longues années dans le Comté et j'avais le mal du pays. Je désirais voyager tant que j'étais encore jeune – et visiter en particulier la Roumanie, dont ma mère est originaire. J'ai traversé la mer et me suis installé là-bas pour étudier pendant deux ans sous la direction d'un épouvanteur local, dans la province de Transylvanie. C'est à cette époque que j'ai changé de manteau. Celui-ci assure un bon camouflage quand on traverse la forêt.

L'Épouvanteur l'interrompit en s'adressant à moi :

– Alors ? Comment ça s'est passé à la tour Malkin ? Assieds-toi et raconte-moi tout !

Tandis qu'Alice restait debout, je pris place à table et entamai mon récit. Je m'exprimai d'abord avec réticence, gêné de révéler tant de choses personnelles devant un étranger.

L'Épouvanteur s'en aperçut :

– Crache le morceau, petit ! Inutile de jouer les carpes à cause de Judd ! C'est un compagnon de longue date.

Usant donc du même conte que j'avais servi à Alice, je ne dis mot du sacrifice et prétendis que la suite ne me serait révélée qu'une fois les trois épées de héros en ma possession.

Ce mensonge par omission me pesait, mais peut-être pas autant qu'il aurait dû. Je m'endurcissais, sûr d'agir pour le mieux. Un lourd fardeau avait été déposé sur mes épaules ; je devais apprendre à le porter seul.

Quand j'eus terminé, les deux épouvanteurs dévisagèrent Alice sans aménité.

– Eh bien, jeune fille ? l'interrogea mon maître. C'est une tâche exigeante ; es-tu prête à l'accomplir ? Retourneras-tu dans l'obscur ?

– Il doit y avoir un autre moyen, m'emportai-je. On ne peut pas exiger ça d'Alice !

Les deux épouvanteurs fixaient la table ; leur silence était éloquent. Je compris avec amertume que, pour eux, Alice ne représentait pas grand-chose.

– Je ferai ce qui doit être fait, déclara tranquillement celle-ci. Je veux cependant m'assurer que c'est la seule voie possible. Il me faut un peu de temps pour réfléchir. Et j'ai besoin de parler à Grimalkin. Elle n'est pas très loin, je ne m'absenterai que quelques jours.

Le lendemain matin, Alice prit la route du nord pour aller retrouver la tueuse.

Je l'accompagnai jusqu'à la lisière du jardin :

– Quoi que tu décides, ne retourne pas dans l'obscur sans qu'on en ait parlé de nouveau. Tu me le promets ?

– Je te le promets, Tom. Tu ne crois tout de même pas que je partirais sans te dire au revoir !

Je la regardai s'éloigner, la gorge serrée.

Une heure plus tard, après avoir confié les trois chiens au forgeron du village, l'Épouvanteur, Judd Brinscall et moi partîmes à notre tour. Alors qu'il avait refusé de se rendre à Pendle, mon maître paraissait heureux de ce voyage à Todmorden. Ses genoux allaient mieux, et il avait retrouvé sa démarche énergique.

Comme nous discutions tout en marchant, Judd demanda :

– Savez-vous ce qui me manque, de votre ancienne maison ?

– Moi, c'est le toit et la bibliothèque, plaisanta l'Épouvanteur, et l'idée que l'un et l'autre seront bientôt restaurés me réchauffe le cœur.

– Eh bien, moi, c'est le gobelin ! s'exclama Judd. Même s'il laissait parfois brûler le bacon, il lavait la vaisselle et tenait les importuns à l'écart. Au début, il m'effrayait. Puis, peu à peu, je me suis mis à l'apprécier.

– À moi aussi, il me faisait peur, dis-je. Il m'a flanqué une de ces taloches, le premier matin, parce que j'étais descendu trop tôt pour le petit déjeuner ! Malgré tout, je garde un bon souvenir de lui.

– Oui, approuva mon maître. Il nous avertissait du danger et nous a sauvé la vie plus d'une fois. À moi aussi, il me manque.

Nous fîmes halte dans un village, et l'Épouvanteur nous conduisit directement à son unique et vieille auberge, *L'Homme Gris*.

– Tant pis pour la dépense ! dit-il. Mes vieux os ont besoin d'un bon lit, cette nuit.

– Je payerai les chambres, offrit Judd. Je sais que vous avez traversé une période difficile.

– Il n'en est pas question. Garde ton argent !

La reconstruction de la maison coûtait cher, et cela limitait notre budget. D'autant que, lorsque mon maître accomplissait un travail, il devait souvent attendre après la moisson suivante pour être payé. Qu'il insiste pour loger à l'auberge prouvait à quel point il se sentait fatigué. Ces deux dernières années, notre combat contre l'obscur avait beaucoup exigé de lui. Mais il était trop fier pour laisser son ancien apprenti régler la note à sa place.

Un petit groupe de gens du coin bavardait près du feu devant de grandes chopes de bière ; nous étions les seuls dîneurs. On nous servit une énorme platée de bœuf aux pommes de terre accompagnée d'une sauce délicieuse.

J'interrogeai l'Épouvanteur :

– Si vous n'avez jamais été appelé du côté de Todmorden, comment Dame Fresque a-t-elle appris la destruction de votre bibliothèque ? Est-ce vous qui lui en avez parlé, Judd ?

– Oui, c'est moi. J'étais de retour dans le Comté depuis quelques semaines. Cela faisait des mois que je voulais rentrer, mais le pays était occupé par les troupes ennemies. Dès mon arrivée, je suis allé trouver Cosmina Fresque, une vieille amie que j'ai connue en Roumanie ; elle m'a aimablement hébergé. Elle m'a dit avoir des livres à vendre ; je lui ai aussitôt parlé de vous, John. Elle est partie pour Chipenden, et c'est en route qu'elle a appris le triste sort de votre bibliothèque.

– Elle aurait pu venir nous exposer elle-même sa proposition, au lieu de nous laisser un mot, objecta mon maître.

– Vous étiez en pleins travaux ; elle n'a pas voulu vous déranger.

– Elle aurait été la bienvenue, et toi aussi. Pourquoi ne l'as-tu pas amenée jusque chez nous ?

– J'aurais aimé vous rendre visite plus tôt. Mais il y avait un gobelin à mettre hors d'état de nuire à la frontière du Comté. Le devoir m'appelait, ainsi que l'opportunité de gagner un peu d'argent !

– C'est un nom inhabituel, Todmorden, fis-je remarquer. Il a une signification particulière ?

– Tous les noms ont une signification, déclara l'Épouvanteur. Seulement, certains sont si vieux que leur origine est oubliée depuis longtemps. Celui-ci serait un dérivé de deux mots de l'Ancien Langage :

tod, qui veut dire mort, et *mor*, qui veut dire également mort !

– D'autres le contestent, intervint Judd. D'après eux, ça signifie « la Vallée du Renard ».

L'Épouvanteur sourit :

– La mémoire humaine est faillible, et la vérité, parfois perdue pour toujours.

– Votre père était-il du Comté, Judd ? demandai-je.

– Oui. Il est mort la première année de mon apprentissage, et ma mère est retournée dans sa famille, en Roumanie.

Je hochai la tête avec sympathie. J'avais moi aussi perdu mon père la première année de mon apprentissage, et ma mère était repartie pour la Grèce. Nous avions traversé les mêmes épreuves, et je savais ce qu'il ressentait.

Avec un sourire, il ajouta :

– Tu peux me tutoyer, tu sais !

Je le remerciai d'un hochement de menton. J'avais déjà rencontré trois anciens apprentis de mon maître. Tous trois étaient morts, à présent. Le premier, Morgan, s'était mis au service de l'obscur et avait été tué par Golgoth, un des Anciens Dieux. Le deuxième, le père Stocks, avait été assassiné par la sorcière Wurmalde. Plus récemment, en Grèce, Bill Arkwright avait sacrifié héroïquement sa vie pour nous permettre de nous échapper.

J'avais haï Morgan, qui n'était qu'un bravache arrogant, mais j'avais aimé le père Stocks, et même Bill, en fin de compte, même s'il m'avait fait passer de sales moments. Je me trouvais beaucoup d'affinités avec Judd. C'était un homme agréable. La vie d'un épouvanteur est parfois bien solitaire. J'espérais avoir trouvé un nouvel ami.

Le lendemain, nous marchâmes vers l'est à travers la lande, jusque tard dans l'après-midi. Puis, après que nous eûmes dépassé un hameau, une enfilade de trois vallées encaissées nous apparut en contrebas. La petite ville de Todmorden occupait celle du milieu, environnée d'une forêt dense qui escaladait les pentes. L'Épouvanteur m'avait dit que le Calder la traversait, marquant la frontière avec le Comté. La disposition de la ville avait quelque chose d'insolite. Non seulement elle était coupée en deux par la rivière, mais des bouquets d'arbres poussaient sur les deux rives, comme si personne n'avait voulu bâtir sa maison au bord de l'eau.

– Eh bien, je suis désolé, dit Judd, c'est ici que nos chemins se séparent.

– J'espérais que tu nous guiderais jusqu'à la maison de Dame Fresque et que tu nous présenterais, protesta l'Épouvanteur, décontenancé.

– Malheureusement, j'ai un travail à terminer, de l'autre côté de la lande. C'est ce gobelin dont je vous ai parlé. Je l'ai chassé d'une ferme, et il s'est installé dans une autre. Vous n'aurez aucun mal à trouver la maison. N'importe qui, dans la rue Torve, vous l'indiquera. La dame vous attend.

– À quoi ressemble cette Dame Fresque ? demanda l'Épouvanteur. Comment l'as-tu rencontrée ?

– C'est une femme avisée, répondit Judd. Je suis sûr que vous vous entendrez. Je l'ai rencontrée au cours d'un de mes voyages. Elle a été la première à me faire goûter l'hospitalité roumaine.

– Eh bien, le devoir d'abord ! soupira mon maître. J'espère qu'on te reverra avant notre départ. Nous passerons au moins une nuit ici.

– Bien sûr, je vous verrai demain. Faites mes amitiés à Dame Fresque !

Judd nous salua de la tête et reprit la route du sud. Sans plus attendre, l'Épouvanteur et moi nous engageâmes sur la pente raide descendant vers la ville.

Les étroites rues pavées étaient encombrées de gens vaquant à leurs affaires. Des marchands ambulants vendaient à boire et à manger.

Todmorden ressemblait à n'importe quelle petite agglomération du Comté, à une différence près : ses habitants avaient des mines sinistres et fort peu engageantes.

Le premier passant à qui mon maître s'adressa continua son chemin sans même nous regarder, le col de son manteau relevé pour se protéger du vent. Sa deuxième tentative eut plus de succès. Il s'approcha d'un vieil homme à la face rougeaude qui marchait en s'aidant d'une canne. À sa large ceinture de cuir et ses grosses bottes, on reconnaissait un fermier.

– Pourriez-vous nous indiquer la rue Torve, s'il vous plaît ?

– Je pourrais, mais je ne suis pas sûr de le vouloir, grommela le bonhomme. C'est après le pont, sur l'autre rive. Les gens, là-bas, sont des étrangers ; moins on les côtoie, mieux on se porte.

Et il s'éloigna avec un hochement de tête entendu.

L'Épouvanteur haussa les sourcils, décontenancé :

– Tu entends ça, petit ? Quelques pas au-delà de la rivière, et tu deviens un « étranger » ?

Nous gagnâmes l'étroit pont de bois, apparemment l'unique moyen de franchir le cours d'eau. Certaines planches manquaient, beaucoup étaient pourries. Il y avait tout juste assez de place pour une charrette, mais seul un charretier fou aurait pris le risque d'engager son cheval là-dessus ! Je trouvais curieux qu'on laisse les choses dans cet état.

L'autre partie de la ville, sur la rive d'en face, bien que n'appartenant pas au Comté, ne paraissait guère différente. Au-delà des arbres, j'apercevais les mêmes petites maisons de pierre, les mêmes rues pavées, quoique désertes. Je pensais que nous allions traverser quand mon maître désigna une auberge :

— Ici, quelqu'un saura peut-être nous renseigner.

Nous pénétrâmes dans un modeste établissement à l'enseigne du *Renard Rouge*. La salle était vide, mais un feu flambait dans l'âtre, et un chauve à la mine patibulaire, le ventre barré d'un tablier, lavait des chopes derrière le bar.

— Nous nous rendons chez une certaine Dame Fresque, dans la rue Torve, de l'autre côté du pont. Seriez-vous assez aimable pour nous indiquer le chemin ?

— Ouais, ça se trouve sur l'autre rive, confirma le bonhomme. Et peu de gens osent s'y rendre, c'est dangereux. Vous serez les premiers cette année.

— Il est vrai que le pont aurait besoin de réparations, convint l'Épouvanteur. Il ne semble cependant pas sur le point de s'écrouler. Êtes-vous l'aubergiste ?

L'homme posa la chope qu'il essuyait et fixa l'Épouvanteur quelques secondes. Mon maître soutint calmement son regard.

— Je suis l'aubergiste. Qu'est-ce qu'il vous faut ? Un dîner ? Une chambre pour la nuit ?

— Peut-être les deux. Ça dépend de la façon dont iront nos affaires.

– Prenez la troisième rue sur la gauche après le pont, dit enfin le chauve. Elle mène à la rue Torve. Dame Fresque habite la grande demeure, tout au bout, dans les bois. Elle est cachée par les arbres, vous ne la verrez qu'en approchant. Et ne quittez pas le sentier. Il y a des ours dans les parages.

– Merci pour ces renseignements.

En se retournant pour partir, l'Épouvanteur ajouta :

– Il se pourrait que nous revenions plus tard.

– Si vous voulez des chambres, soyez de retour avant le coucher du soleil, nous lança l'aubergiste. Après, vous trouverez les portes verrouillées. Moi, je serai dans mon lit bien avant la nuit, et, si vous avez deux sous de jugeote, vous suivrez mon exemple.

8

Un document sur les moroï

– Drôle d'auberge, qui ferme ses portes aussi tôt ! commentai-je, tandis que nous marchions vers le pont.

– On ne semble guère apprécier les étrangers, ici, c'est clair, renchérit mon maître.

– Je ne me doutais pas qu'il y avait encore des ours dans le Comté.

– Il n'en reste que bien peu. La dernière fois que j'en ai aperçu un, ça remonte à plus de vingt ans. Il faut croire que la plupart ont traversé la frontière, ajouta l'Épouvanteur avec un sourire en coin.

— Alors, de quoi cet aubergiste a-t-il si peur ? Quel besoin a-t-il de verrouiller sa porte avant le coucher du soleil ? En voilà des histoires !

— Je me pose la même question. Des troupes de voleurs séviraient-elles la nuit ? Quant à la méfiance des gens envers les habitants de l'autre rive, elle est peut être due à des rancunes et des dissensions entre familles. Entre deux pays voisins, tout est matière à conflit.

La rue que nous cherchions grimpait raide. Les quelques maisons qui la bordaient étaient toutes inoccupées ; des planches condamnaient les fenêtres. Bientôt, les arbres se firent plus nombreux. Ils se resserraient à mesure que nous avancions, jusqu'à former au-dessus de nos têtes une voûte feuillue, étouffante, qui cachait le soleil et créait une atmosphère lugubre.

— Pourquoi nomme-t-on cette voie la rue Torve ? fis-je remarquer. Elle n'est pas du tout tordue !

— Tu me parais singulièrement intéressé par le sens des mots, aujourd'hui, petit !

— Je trouve les noms de lieux très intéressants, expliquai-je. Surtout ceux du Comté, et la façon dont leur signification évolue au cours du temps. Le mot « Pendle » se traduisait par « colline », autrefois. Maintenant, on dit « la colline de Pendle ».

Un autre exemple me trottait dans la tête depuis que je l'avais lu dans les instructions de maman – la pierre des Ward, un mont situé à l'est de Caster, dont je ne connaissais même pas l'existence auparavant. Pourquoi portait-il mon nom ? Était-ce une simple coïncidence que le rituel destiné à détruire le Malin doive se dérouler à cet endroit ? Mes pensées revinrent alors vers Alice et le terrible sort qui l'attendait. Je m'efforçai de les chasser de mon esprit pour me concentrer sur ce que m'expliquait l'Épouvanteur :

– Tu as raison, les noms des lieux viennent parfois d'époques lointaines, où les mots avaient un tout autre sens. L'origine de ces appellations se perd dans la nuit des temps.

Je pris soudain conscience du silence qui nous entourait ; il avait quelque chose d'anormal. J'allais en avertir l'Épouvanteur quand il s'arrêta pour désigner ce qui devait être la demeure de Dame Fresque. La propriété n'avait ni grille ni mur d'enceinte ; une allée menait droit à la porte d'entrée.

– Ma foi, petit, commenta mon maître, je n'avais encore jamais rien vu de semblable. Sans être architecte, j'ai un certain sens de l'harmonie, et cette bâtisse me paraît des plus disgracieuses !

Elle était grande, en forme de E comme beaucoup de manoirs du Comté. Mais des ajouts avaient été faits au petit bonheur, comme si chaque nouveau propriétaire avait tenu à ajouter sa touche personnelle, sans égard pour le style d'origine. Différentes qualités de pierres et de briques avaient été utilisées, tours et tourelles manquaient de symétrie ; l'ensemble produisait une impression de disparate et de déséquilibre. Cependant, mon inquiétude venait d'ailleurs.

Les arbres se pressaient autour de la bâtisse, à croire qu'ils cherchaient à y pénétrer. Leurs branches enveloppaient les murs et les toitures à les étouffer. L'un d'eux avait même poussé au milieu de l'allée, juste devant la porte. Pour entrer ou sortir, il fallait le contourner. L'ensemble baignait dans l'obscurité, car aucun rayon de soleil ne pénétrait l'épaisseur des feuillages.

– Voilà une demeure bien mal entretenue, commenta l'Épouvanteur. J'espère que la bibliothèque est en meilleur état.

Moi, je trouvais curieux que personne n'ait songé à élaguer les arbres. Judd avait qualifié Dame Fresque de « personne avisée ». Pourquoi se laissait-elle envahir ainsi par la végétation ?

Arrivé devant la porte, l'Épouvanteur frappa deux coups.

Faute de réponse, il recommença. De nouveau, le silence m'oppressa. Quelle différence avec la maison de Chipenden, environnée à longueur d'année par les chants d'oiseaux ! Il me semblait qu'une chose énorme et menaçante guettait non loin de là, obligeant toutes les créatures de la forêt à se terrer.

J'allais faire part de mes impressions à mon maître quand j'entendis des pas approcher. La serrure cliqueta et la porte tourna lentement. Une jeune fille apparut, une chandelle dans une main et un gros trousseau de clés dans l'autre. Mince et jolie, le visage très pâle, elle n'avait pas plus de dix-huit ou dix-neuf ans. La simple robe noire qui lui descendait aux chevilles contrastait avec sa longue et flamboyante chevelure rousse, retenue sur son front par un mince diadème, à la mode des élégantes du Comté. Quand elle nous vit, un sourire étira ses lèvres maquillées de rouge, et mon malaise s'évapora aussitôt.

— Bonjour, dit-elle. Vous devez être John Gregory et son apprenti, Thomas Ward. J'ai beaucoup entendu parler de vous. Je suis Dame Fresque, mais appelez-moi Cosmina !

Je fus frappé par son accent. Pas de doute, elle venait de Roumanie, ainsi que Judd l'avait expliqué. Et, en dépit de son évidente jeunesse, son regard reflétait l'expérience et l'assurance d'une femme d'âge mûr.

— Nous sommes heureux d'être ici, déclara l'Épouvanteur, et très désireux d'examiner votre lot de livres. Judd Brinscall, qui nous a guidés jusqu'à Todmorden, a dû nous laisser à cause d'un travail à terminer.

– Il est mon hôte, nous le verrons donc plus tard, et vous êtes les bienvenus. Entrez, je vous prie...

Sur ces mots, elle s'écarta, et nous franchîmes le seuil pour pénétrer dans un hall obscur.

– Venez, dit-elle, je vais vous montrer la bibliothèque.

Elle nous conduisit le long d'un corridor aux murs lambrissés de bois sombre. Tout au bout, il y avait une porte en arc de cercle. Choisissant une clé dans son trousseau, Cosmina l'introduisit dans la serrure, et nous la suivîmes dans la pièce. À peine entré, l'Épouvanteur lâcha une exclamation incrédule.

Nous étions à l'intérieur d'une large tour ronde, aux murs recouverts d'étagères dont les livres occupaient le moindre espace. Au centre, trois chaises entouraient une table soigneusement encaustiquée. Une autre porte faisait face à celle par laquelle nous étions arrivés.

Dans cet espace circulaire, je comptai six ou sept galeries montant jusqu'au toit en cône, toutes emplies de livres. La bibliothèque devait contenir des milliers d'ouvrages. Elle était infiniment plus importante que celle de l'Épouvanteur à Chipenden.

– Et tout ça vous appartient ? lâcha-t-il, stupéfait.

– Personne ne peut prétendre qu'une telle bibliothèque lui *appartienne*, répliqua Dame Fresque. C'est un héritage du passé. Je n'en suis que la gardienne.

Mon maître hocha la tête. Il comprenait. C'était ainsi qu'il avait toujours considéré sa propre bibliothèque. Il n'en était pas le propriétaire; il en avait pris soin dans l'espoir de la léguer aux futures générations d'épouvanteurs. Sa perte l'avait dévasté. Je me réjouissais sincèrement pour lui: il allait pouvoir commencer à la reconstituer.

– Je suis la bibliothécaire, reprit la jeune fille. Mais j'ai le droit de prêter ou de vendre les volumes dont je n'ai pas l'usage.

– Puis-je vous demander combien d'ouvrages, dans cette vaste collection, traitent de l'obscur?

– Environ un septième de l'ensemble. Ils se trouvent tous à l'étage inférieur. Examinez-les tranquillement, je vais vous apporter de quoi vous restaurer.

Elle nous salua de la tête et s'en alla par la porte du fond, qu'elle referma derrière elle.

– Eh bien, petit, s'exclama l'Épouvanteur avec enthousiasme, au travail!

Nous nous postâmes chacun à un bout de la pièce pour examiner les titres sur les tranches des livres, dont certains m'intriguèrent. Un gros volume relié de cuir attira mon regard: *Spéculations à propos de l'obscur: son talon d'Achille*.

Je savais qu'Achille était un héros de la Grèce antique. À sa naissance, sa mère l'avait plongé dans un chaudron de potion censée le rendre invulnérable. Malheureusement, elle le tenait par un talon, qui ne fut pas touché par le liquide. Plus tard, il reçut une flèche à cet endroit, et il mourut. Ce livre devait donc répertorier les faiblesses secrètes des créatures de l'obscur. Cela valait la peine d'y regarder de plus près.

J'allais tirer l'ouvrage du rayon quand l'Épouvanteur m'appela :

– Viens voir ce que j'ai trouvé, petit !

Il tenait à la main un livre ouvert, plutôt mince, mais son importance ne dépendait apparemment pas de sa taille. Mon maître le referma et désigna la couverture. Un titre était gravé en lettres d'argent dans le cuir sombre :

Codex du Destin.

En dessous, également en argent repoussé, un motif représentait la tête et les membres antérieurs d'un skelt.

– C'est un grimoire, me dit l'Épouvanteur. Le plus dangereux qui ait jamais existé, du moins en théorie. Je suppose qu'il s'agit d'une copie ; mais, si le texte est fidèle, il pourrait conférer un pouvoir incroyable à un pratiquant des arts obscurs. On prétend qu'il a été dicté par le Malin en personne à un mage désireux d'accroître sa magie, et qui mourut en l'utilisant. Qu'un seul mot de l'incantation soit inexact ou mal prononcé, et l'incantateur est aussitôt détruit. En revanche, celui qui réussit à le lire à haute voix et d'une seule traite – et cela prend des heures – obtiendra des pouvoirs dignes d'un dieu. Il sera invulnérable et commettra les pires actions en toute impunité.

– Pourquoi une tête de skelt orne-t-elle la couverture ?

Le pommeau de la Lame du Destin et celui de Tranche Os avaient aussi cette forme. De la revoir sur la couverture du plus dangereux des grimoires me rendait mon épée suspecte. Parfois, elle paraissait presque douée de conscience. Avant le combat, ses yeux de rubis pleuraient du sang. Elle avait beau être une « épée de héros », il y avait de l'obscur en elle, car elle avait été forgée par un des Anciens Dieux.

– Comme tu le sais, petit, répondit l'Épouvanteur, le skelt a longtemps été associé aux sorcières utilisant la magie du sang – en particulier les sorcières d'eau. Elles le gardent en cage et le libèrent pour vider leurs prisonniers de leur liquide vital. Lorsqu'il est gorgé de sang, elles le déchirent à mains nues et le dévorent vivant. Ce rituel répugnant triple leurs pouvoirs. L'image d'une telle créature est donc particulièrement appropriée pour orner la couverture du plus effrayant des grimoires, tu ne trouves pas ?

– Un livre aussi dangereux ne devrait-il pas être dissimulé, plutôt que de rester à portée de n'importe qui ? Dame Fresque ignore peut-être ce qu'il recèle ?

– Un bibliothécaire n'a pas forcément lu tous les ouvrages de sa bibliothèque.

– Et vous voudriez placer celui-ci sur vos étagères ? m'enquis-je, plus mal à l'aise que jamais.

– Non, petit. Je veux le détruire et l'empêcher de tomber entre de mauvaises mains.

À cet instant, la porte du fond s'ouvrit et Dame Fresque apparut, chargée d'un plateau qu'elle déposa sur la table. Dessus, il y avait une cruche d'eau, d'épaisses tranches de pain, du poulet froid et deux morceaux de fromage ; l'un était un produit du Comté, je ne connaissais pas l'autre.

Elle lança un coup d'œil au livre que tenait l'Épouvanteur, et il me sembla qu'une grimace de mécontentement plissait son joli visage. Mais ce fut si bref que je crus l'avoir imaginé. Mon maître n'avait sûrement rien remarqué ; il s'était retourné pour replacer le *Codex du Destin* sur l'étagère.

– Vous devez être affamés après un tel voyage. Je vous en prie, servez-vous, nous encouragea Dame Fresque en désignant le plateau.

– Ne voulez-vous pas vous joindre à nous ? demanda mon maître.

Elle secoua gracieusement la tête :

– J'ai déjà déjeuné. Tout à l'heure, je préparerai le dîner. Vous êtes mes hôtes pour la nuit.

L'Épouvanteur n'accepta ni ne refusa l'invitation. Il remercia d'un sourire et se coupa une tranche de fromage du Comté. Je préférai un morceau de poulet, j'en avais plus qu'assez de ce fromage jaune, le seul aliment que j'étais autorisé à grignoter avant d'affronter l'obscur.

– Que pensez-vous de ma bibliothèque, après cette rapide inspection ? nous interrogea la jeune fille.

– C'est une collection impressionnante, déclara mon maître. Il y a tant de livres ! Ce qui me conduit à vous poser deux questions. Premièrement, combien d'ouvrages êtes-vous prête à me céder ? Deuxièmement, accepteriez-vous un paiement échelonné ? Actuellement, les travaux de ma maison entraînent de grosses dépenses.

– Le nombre de livres que vous pourrez emporter est limité, bien entendu. J'envisage d'en vendre environ trois cents. Leur prix varie – certains sont fort rares tandis que d'autres peuvent être facilement remplacés. Seuls quelques titres ne devront pas quitter ma bibliothèque. Faites votre choix, et nous verrons ! Quant au prix, je suis prête à négocier, mais je suis sûre que nous arriverons à un compromis satisfaisant. Et le règlement pourra s'étaler sur deux ans, si cela vous convient.

Une question me tourmentait. C'était une bibliothèque impressionnante. Alors, pourquoi souhaitait-elle la réduire ?

– Puis-je vous demander ce qui vous incite à vendre des livres ? intervins-je. Est-ce seulement pour rendre service à M. Gregory ?

Elle opina avec un sourire :

– C'est en partie pour cela. Il a fait tant de bien ! Il mérite qu'on l'aide à reconstituer ce fonds qu'il laissera à ses héritiers. Mais j'ai besoin d'argent, car j'aimerais moi aussi faire des travaux dans ma maison. J'en ai hérité il y a cinq ans, à la mort de mon oncle. C'était un vieil original, un grand amoureux des arbres. Il ne supportait pas l'idée de briser la moindre branche, encore moins celle d'abattre les troncs qui empiétaient sur sa demeure. Les fondations sont endommagées, je vais devoir engager un bûcheron pour dégager les racines et un maçon pour consolider les murs.

– Merci, Dame Fresque. Votre offre d'étaler le paiement est très aimable, et la nécessité m'oblige à l'accepter, déclara l'Épouvanteur. Je peux toutefois vous verser un acompte qui couvrira une partie de vos propres besoins.

Je notai que mon maître ne l'avait pas appelée par son prénom, Cosmina, comme elle nous avait invités à le faire. Les manières hautaines et l'air assuré de notre hôtesse étaient peu compatibles avec une telle familiarité.

Quand nous eûmes terminé notre repas, Dame Fresque reprit le plateau et se prépara à quitter la pièce pour nous laisser à nos investigations. En arrivant à la porte, elle désigna un cordon suspendu près d'une étagère :

– Ceci fait tinter une sonnette dans mes appartements. N'hésitez pas à le tirer si vous voulez quelque chose.

Et, avec un sourire, elle s'en alla.

– Eh bien, petit, je suggère que nous déposions sur cette table les livres qui nous intéressent. Peu importe si on en prend trop. Nous trierons plus tard et remettrons le reste en place.

L'entendant soupirer, je demandai :

– Quelque chose ne va pas ? Ça ne vous réjouit pas d'avoir un tel choix ?

– Si, si. Mais je songe à ce que je ne pourrai jamais remplacer, ces notes prises par les épouvanteurs précédents, que j'avais réunies à Chipenden ; les récits de leurs efforts, la façon dont ils ont résolu les problèmes, leurs découvertes à propos de l'obscur... Tous ces écrits à jamais perdus ! Nous ne trouverons rien de semblable ici.

Il découvrit vite qu'il se trompait, car je mis la main sur le livre d'un de ses anciens apprentis, qui n'était autre que Judd Brinscall !

– Regardez ça ! m'écriai-je en lui tendant l'ouvrage.

C'était un mince volume intitulé *Une étude des moroï*.

Mon maître approuva de la tête :

– C'était un bon apprenti, un des rares qui aient achevé sa formation à ma complète satisfaction. Et au cours de ses voyages à l'étranger il a enrichi notre stock de connaissances. Les moroï sont des élémentaux roumains, des esprits vampires. Et je vois qu'il connaît son affaire, car il l'a écrit avec deux ï à la fin, ce qui est l'orthographe correcte pour le pluriel. Il a sans doute fait cadeau de cet écrit à Dame Fresque. J'aimerais beaucoup l'avoir dans notre bibliothèque.

Après trois bonnes heures de discussions et de sélections, nous avions empilé environ trois cent cinquante livres sur la table.

– Il se fait tard, petit, dit l'Épouvanteur en posant la main sur mon épaule. Allons-nous-en !

– Vous n'acceptez pas l'invitation de Dame Fresque de rester pour la nuit ?

– Je crois préférable de retourner à l'auberge. Toutefois, il y a quelques points que je souhaite éclaircir.

Il tira à deux reprises sur le cordon. Je n'entendis rien, mais je supposai qu'une cloche tintait quelque part.

Une minute plus tard, Dame Fresque nous rejoignait. L'entassement de livres sur la table lui tira un sourire.

– Je vois que vous n'avez pas chômé.

– En effet, dit l'Épouvanteur. Et nous sommes fatigués. Nous reviendrons demain matin à la première heure, si vous n'y voyez pas d'inconvénient.

La déception de notre hôtesse fut visible.

– Pourquoi ne pas passer la nuit ici ? insista-t-elle. Vous êtes les bienvenus. Je n'ai que rarement des visiteurs et serais ravie de vous offrir l'hospitalité.

– C'est très aimable à vous, mais nous ne voulons pas vous ennuyer. Avant de partir, il y a une chose que j'aimerais vous demander...

L'Épouvanteur prit sur la table le petit livre de Judd Brinscall :

– Cet ouvrage rédigé par Judd, accepteriez-vous de me le vendre ?

– Judd me l'a donné, sachant qu'il serait en sécurité ici. Mais il sera certainement mieux dans votre nouvelle bibliothèque, répondit-elle. J'y ai jeté un œil, c'est une excellente étude des élémentaux de mon pays natal.

– Vous avez vécu longtemps en Roumanie? s'enquit mon maître.

– Oui, j'y ai grandi. Mais mon oncle l'a quittée quand il était enfant pour venir vivre ici. À sa mort, j'ai pris possession de ce qu'il m'avait légué – cette maison, la bibliothèque et un petit revenu, fruit de ses investissements. Je ne peux pas toucher au capital, d'où la nécessité de vendre des livres.

Après notre départ, nous reprîmes la route sous les arbres, en descendant vers le fleuve. Mon maître semblait perdu dans ses pensées.

– Quelque chose ne va pas?

Il hocha la tête:

– Mon instinct me dicte de rester sur mes gardes. Dis-moi, petit, pendant que nous parlions avec cette Dame Fresque, tu n'as pas ressenti de froid?

– Non. Pas le moindre frisson.

– Moi non plus. Mais certaines sorcières ont le pouvoir de bloquer notre sensibilité à ce type de réaction.

– Juste avant d'entrer dans la maison, révélai-je à mon maître, j'ai éprouvé une impression désagréable, celle d'être observé par un être dangereux, tapi non loin de là.

– Raison de plus pour nous tenir en alerte, prêts à toute éventualité.

– Vous la soupçonnez d'être une sorcière?

– Gardons-nous de tirer des conclusions hâtives ! Mais certains détails m'inquiètent. Pourquoi cette bibliothèque contient-elle autant d'ouvrages sur l'obscur ? Qu'est-ce qui a poussé son oncle à les acquérir ? S'intéressait-il particulièrement à ce sujet ? Si Judd n'était pas un de ses amis, je me méfierais.

– Vous êtes sûr de Judd ?

L'Épouvanteur hocha la tête :

– Il a été un bon apprenti, je lui aurais confié ma vie sans hésiter. Mais les gens changent parfois...

– Il y a autre chose, dis-je. Elle vous a vu tenir le *Codex du Destin*, et je jurerais qu'à cet instant, elle a eu l'air furieux.

– Eh bien, nous verrons comment elle réagira demain, quand je lui annoncerai que c'est un des ouvrages que nous avons sélectionnés.

9

Les septièmes fils

Quittant la rue Torve, nous rejoignîmes la rive pour passer le pont et regagnâmes l'auberge. Le soleil était encore un globe orange au-dessus de l'horizon, pourtant nous trouvâmes la porte déjà close. L'Épouvanteur tambourina contre le battant du bout de son bâton. Il fallut un bon moment avant que l'aubergiste consente à nous ouvrir. Jetant un coup d'œil vers le couchant, il fit remarquer :

– À cinq minutes près, vous restiez dehors. Et l'heure du souper est passée.

– Nous avons déjà mangé, rétorqua l'Épouvanteur. Deux chambres feront l'affaire. Et nous prendrons le petit déjeuner à l'aube.

L'aubergiste referma la porte à clé derrière nous en marmonnant avant de nous conduire à nos chambres.

À l'instant où il allait se retirer, mon maître l'interrogea :

— Nous espérons conclure notre affaire avec Dame Fresque demain ; nous aurons une grande quantité de livres à transporter. Savez-vous qui pourrait nous louer une carriole et un cheval ?

Le bonhomme fronça les sourcils :

— Vous ne trouverez personne, de ce côté du fleuve, qui accepte de traverser le pont. Chacun chez soi !

Il quitta la pièce sans nous laisser le temps d'en dire plus, marmonnant toujours entre ses dents.

— Eh bien, petit, ce sera ton travail de demain. Mais, d'abord, tu retourneras avec moi rue Torve pour m'aider à faire mon choix.

Nous entrâmes chacun dans notre chambre, et je sombrai bientôt dans un profond sommeil. Soudain, je ne sais quoi m'éveilla, et le reste de la nuit me parut bien long.

Nous dûmes patienter une bonne heure avant que le petit déjeuner soit servi, car l'aubergiste ne se levait pas avant que le soleil ait franchi l'horizon. Néanmoins, l'Épouvanteur dissimula sa contrariété.

Enfin, chargés de nos seuls bâtons, nous remontâmes la rue Torve pour la deuxième fois.

– Le service laisse à désirer, grommelai-je.

– Il faut comprendre l'aubergiste, petit : il a peur. Je commence à penser qu'une menace venue de l'obscur pèse sur cette rive du fleuve. Je souhaite retourner à Chipenden le plus tôt possible. Je crois cependant que nous devrons revenir à Todmorden avant longtemps.

Quand Dame Fresque nous conduisit à sa bibliothèque, ses manières avaient quelque chose de plus froid ou de plus hésitant. En regardant autour de moi, je ressentis un léger vertige. Cela ne dura pas, mais, l'espace d'une seconde, la pièce me parut changée. La veille, j'aurais juré qu'elle dessinait un cercle parfait. À présent, elle me semblait plutôt ovale. Était-ce le fruit de mon imagination ? Sans doute était-je seulement fatigué – j'avais fort mal dormi.

La jeune fille désigna la table :

– Vous allez faire votre choix parmi ces ouvrages ?

– Pour la plupart, répondit l'Épouvanteur. Nous aimerions cependant examiner une dernière fois les rayonnages, au cas où un volume nous aurait échappé.

– Je suis désolée, mais il y a ici un livre qui ne peut quitter cette bibliothèque.

Elle pointait le doigt vers le *Codex du Destin*, qu'elle avait mis à part.

— Je suis tout aussi désolé, déclara mon maître en fronçant les sourcils, mais il me faut l'acquérir à n'importe quel prix. Son contenu est extrêmement dangereux, il ne doit en aucun cas tomber entre de mauvaises mains. Je l'achèterai pour le détruire. Je suis prêt à vous verser une forte somme – en paiements échelonnés.

Dame Fresque sourit:

— En ce qui concerne cet ouvrage, j'ai les mains liées. Dans le testament de mon oncle, un codicille précise les titres des livres qui ne doivent pas quitter cette collection. Celui-ci est sur la liste. Chaque année, un notaire vient vérifier la bibliothèque. Si un de ces ouvrages manque, je perds la maison.

Ce ton définitif ne laissait à mon maître aucune marge de manœuvre.

— Judd est ici? demanda-t-il. J'aimerais lui parler.

— Il est parti de bonne heure, répondit-elle en replaçant le livre interdit sur l'étagère.

Après quoi, elle nous quitta sans autre commentaire.

Nous poursuivîmes notre travail en silence. Je savais que mon maître réfléchissait intensément, mais, à part voler le livre, il n'avait pas de solution. Et John Gregory était trop honnête pour jouer les voleurs.

Finalement, après une dernière exploration des rayonnages, nous arrêtâmes notre choix sur trois cent cinq ouvrages.

– Bien, petit ! Voilà une bonne chose de faite. Traverse le fleuve et trouve quelqu'un qui accepte de transporter ce chargement jusqu'à Chipenden !

Mon bâton à la main, je repris donc la route sous les arbres. Des insectes bourdonnaient dans la tiédeur de cette fin d'après-midi. Je fus soulagé de sortir du couvert des branches pour émerger à l'air libre. Le ciel était sans nuages, une brise légère soufflait de l'ouest.

De l'autre côté du pont, je constatai que, contrairement au jour de notre arrivée, la partie de la ville appartenant au Comté était presque déserte. Je compris soudain que l'aubergiste avait raison : louer une carriole et un cheval ne serait pas une tâche aisée. Elle se révéla même encore plus difficile que je l'avais pensé. Les deux premiers hommes à qui je m'adressai s'écartèrent vivement, sans un mot, avec un regard de désapprobation. Les étrangers étaient vraiment mal vus, ici ! Ou peut-être était-ce mon manteau à capuchon d'épouvanteur qui me valait cette méfiance ? Beaucoup de gens nous fuyaient, certains traversaient même la rue pour éviter de croiser les personnes de notre espèce, qui frayaient avec l'obscur. Ce genre de réaction ne m'étonnait plus. Cependant, celle des deux hommes m'avait paru exagérée. Il y avait un mystère là-dessous.

J'eus un peu plus de chance dans l'atelier d'un charpentier. Le bonhomme posa sa scie pour écouter ma requête.

Puis il secoua la tête :

– Il n'y a personne, en ville, qui fasse ce travail. Mais le vieux Billy Benson a une charrette et un cheval, et il est toujours à court d'argent. Il sera partant, pourvu qu'on le paye bien.

– Merci, dis-je. Où puis-je le trouver ?

– À la ferme Benson, bien sûr, répliqua le charpentier, sur un ton qui laissait entendre que *tout le monde* savait ça. Sors de la ville par le nord ; c'est au bout de la lande. Tu n'auras qu'à suivre le sentier. Le vieux Billy élève quelques moutons rachitiques.

– C'est loin ?

– Tu es jeune et vigoureux. Si tu marches bien, tu auras fait l'aller et retour avant la nuit.

Marmonnant des remerciements, je quittai les lieux au petit trot. L'Épouvanteur s'inquiéterait de ma longue absence, mais nous avions besoin de cette charrette ; je n'avais pas le choix.

Je compris vite que je ne regagnerais pas Todmorden avant la nuit. Il me fallut deux bonnes heures pour arriver au bout du chemin sinueux à travers la lande. Tandis que je marchais, je tournai de nouveau mes pensées vers Alice, à qui j'avais menti. J'avais le cœur lourd, et l'avenir m'apparaissait sous les couleurs les plus sombres. Je sentais que nos chemins se séparaient. L'usage de plus en plus fréquent qu'elle faisait de la magie noire l'éloignait de moi.

La ferme en question n'était qu'une bicoque délabrée, dont la toiture perdait ses tuiles. Je frappai à la porte ; personne ne vint ouvrir. Mais je fus rassuré de voir deux chevaux derrière la maison, ainsi qu'une charrette qui, si elle avait connu des jours meilleurs, avait au moins ses quatre roues. M. Benson s'occupait sans doute de ses moutons.

Je l'attendis près d'une heure. J'étais sur le point d'abandonner et de repartir vers Todmorden quand un vieil homme sec apparut, un colley trottant sur ses talons.

– Fiche le camp ! me cria-t-il en me menaçant du poing. Pas d'étrangers ici ! File, ou je lance mon chien à tes trousses !

Je ne bougeai pas d'un pouce. L'animal ne semblait guère féroce ; je tins malgré tout mon bâton prêt, au cas où.

– J'ai une offre à vous faire, dis-je quand l'homme se fut approché. Vous serez bien payé. J'ai un chargement de livres à transporter jusqu'à Chipenden. On m'a dit que vous aviez une charrette.

— J'en ai une, et un peu de monnaie serait la bienvenue. Mais tu as bien dit *des livres* ? J'ai transporté beaucoup de choses, autrefois : du charbon, du fumier, des moutons et même des gens, mais des livres, jamais ! Dans quel monde on vit, je te le demande ? Et ils sont où, tes bouquins ? demanda-t-il en regardant autour de lui comme s'il s'attendait à les voir empilés sur l'herbe.

— Dans un manoir en haut de la rue Torve, dis-je.

— Rue Torve ? Mais c'est sur l'autre rive ! Tu ne me feras pas franchir le pont pour tout l'or du monde !

— Si c'est le pont qui vous inquiète, on peut apporter les livres de ce côté de la rivière.

— Le pont est plus solide qu'il n'y paraît. Mais pas question que j'emmène mes chevaux là-bas ! Ils auraient peur d'être dévorés.

— Par les ours ?

— Peut-être bien. Ou par ces *autres* auxquels il vaut mieux ne pas penser. Par les étrangers.

Il n'y avait pas de discussion possible avec un homme qui tenait de tels raisonnements. Je suggérai donc un compromis :

— Accepterez-vous ce travail si nous transportons les livres de l'autre côté du pont ?

— Oui, tant que le soleil sera haut dans le ciel. Je viendrai demain à midi. Combien vous me paierez ?

– C'est mon maître, John Gregory, qui en décidera. N'ayez crainte, il sera généreux.

Une poignée de main scella notre accord, et je repartis vers Todmorden. Il nous faudrait faire plusieurs voyages pour apporter les livres de ce côté du fleuve, mais c'était le meilleur marché que je pouvais espérer. Puis un mot me revint en tête – *les étrangers* –, et un frisson me courut le long du dos.

Dans le Comté, les gens désignent ainsi les habitants d'un pays voisin. Mais je songeai à Dame Fresque. Elle était une véritable étrangère, originaire de Roumanie, un pays très éloigné de nos frontières, comme son oncle avant elle. L'instinct de l'Épouvanteur avait-il vu juste ? Cette femme représentait-elle une menace ? Était-elle l'une des personnes dont les habitants de cette rive avaient peur ?

Je m'aperçus soudain que le soleil serait couché dans moins d'une heure. Je n'atteindrais pas la maison avant la nuit !

Je me mis à courir. L'Épouvanteur ne resterait sûrement pas là-bas. Non, il retournerait à l'auberge. Mais, si j'arrivais après la tombée du jour, je ne pourrais pas y entrer ! Sauf si mon maître m'ouvrait la porte en dépit des interdictions de l'aubergiste...

Le soleil disparut bien avant mon entrée dans Todmorden. Le temps que j'atteigne l'auberge, il faisait nuit noire. Je frappai à la porte. Les coups résonnèrent dans toute la rue, et j'éprouvai encore une fois cette étrange impression – celle que j'avais ressentie en approchant de la maison de Cosmina : qu'une chose dangereuse et invisible était tapie là ; que le monde entier retenait son souffle.

Pris de panique, je tambourinai sur le battant avec mon bâton. Je continuai jusqu'à ce que j'obtienne une réponse. Ce ne fut pas celle que j'espérais. Une fenêtre s'ouvrit au-dessus de moi et une voix me cria :

– Fiche le camp ! Tu vas nous attirer des ennuis avec ce vacarme !

C'était l'aubergiste. Il n'avait pas allumé de lampe, et son visage demeurait dans l'ombre.

– Laissez-moi entrer ! suppliai-je.

– Je l'ai déjà dit : personne ne pénètre ici après le coucher du soleil, siffla-t-il. Reviens demain matin – si tu as encore un souffle de vie.

– Prévenez au moins mon maître, plaidai-je, affolé. Demandez-lui de venir me parler !

– Tu perds ton temps. Ton maître n'est pas ici. Il n'est pas rentré. S'il est chez Dame Fresque, tu ne le reverras jamais. Le mieux que tu puisses faire, mon garçon, c'est d'attendre l'aube de ce côté du fleuve.

À ces mots, mon cœur sombra dans ma poitrine. Cela confirmait mes pires craintes. L'Épouvanteur était en danger.

L'aubergiste referma bruyamment sa fenêtre. Seul dans l'obscurité, j'eus une forte envie de suivre ses conseils et de rester sur cette rive. Mais comment aurais-je pu abandonner mon maître ? J'arriverais peut-être trop tard ; néanmoins, je devais tenter de le sauver, à n'importe quel prix. Quelle sorte de menace Dame Fresque incarnait-elle ? Le vieux Benson avait parlé d'étrangers qui pourraient dévorer ses chevaux. Je l'avais pris alors pour un fou. À présent, je reconsidérais ce que le sens de ce mot impliquait. Mangeaient-ils aussi les humains ? Étaient-ils cannibales ?

Je franchis le pont et me dirigeai vers la rue Torve. Là, je m'arrêtai et tendis l'oreille. Je n'entendis que les soupirs du vent dans les arbres. Puis, au loin, une chouette hulula trois fois. Un croissant de lune était suspendu au-dessus de l'horizon, mais sa lumière ne perçait pas l'épais feuillage qui recouvrait la rue. Elle formait un noir tunnel où n'importe quoi pouvait guetter. Empoignant fermement mon bâton, je gravis la pente menant à la maison.

L'Épouvanteur avait peut-être simplement accepté l'invitation de Dame Fresque de passer la nuit chez elle. Auquel cas, était-il un hôte ou une proie ? Mais je m'inquiétais sans doute pour rien, emporté par mon imagination. Judd résidait lui aussi dans ce manoir ; ils étaient donc deux épouvanteurs ; si danger il y avait, ils sauraient faire face. Quoi qu'il en soit, je serais bientôt fixé.

J'avais parcouru la moitié de la rue quand je perçus un mouvement sur ma droite. Une créature courait entre les arbres. Je m'arrêtai, le cœur battant, et levai mon bâton en position de défense.

Le bruit cessa. Quand je me remis en marche, il reprit. Un gros animal semblait m'escorter. Était-ce un ours? En tout cas, il ne s'approchait pas.

La maison apparut alors entre les arbres; aussitôt, la créature qui m'accompagnait s'évapora.

Il n'y avait pas de lumière aux fenêtres, et je ne discernais que la silhouette du bâtiment. Je contournai l'arbre. À mon étonnement, je trouvai la porte grande ouverte, à demi dégondée. Au-delà du seuil, l'obscurité était totale. J'appuyai mon bâton contre le mur, tirai une chandelle de ma poche et l'allumai avec mon briquet. Je repris mon bâton et pénétrai dans le hall.

À la forte odeur de pourriture qui me saisit aux narines, je compris aussitôt que quelque chose n'allait pas. Les lambris étaient recouverts d'une épaisse couche de poussière et la peinture du chambranle s'écaillait. Le matin, la maison avait paru parfaitement entretenue. C'était incompréhensible.

Je remontai le corridor jusqu'à la porte en arcade. Elle était verrouillée. Ce n'était pas un problème, car j'avais dans ma poche la clé spéciale forgée par Andrew – le serrurier, le frère de mon maître. Je l'introduisis dans la serrure, qui cliqueta. Remettant la clé dans ma poche, je poussai la porte et levai ma chandelle pour éclairer l'étage inférieur de la bibliothèque.

Ce que je découvris était incroyable, inimaginable...

Les étagères étaient vides, couvertes de toiles d'araignée, et la plupart d'entre elles s'étaient effondrées. Mes pieds laissaient leurs empreintes dans une épaisse couche de poussière, comme si personne n'avait pénétré en ces lieux depuis de longues années. Sur la table où nous avions empilé les livres que nous avions sélectionnés, il n'y avait rien.

Comment était-ce possible ? Je m'étais tenu dans cette pièce avec mon maître le matin même !

Je levai les yeux vers les galeries supérieures. La lumière de ma chandelle n'atteignait que la première, mais elle paraissait dans le même état d'abandon. Face à de tels changements, je m'interrogeai sur Dame Fresque. La jeune fille s'était-elle montrée sous sa véritable apparence ? Était-elle de ces êtres qui se métamorphosent ? Qui était-elle vraiment ?

Soudain, je sentis le froid caractéristique annonçant l'approche d'une créature de l'obscur. Un coup de vent venu de nulle part traversa la salle et souffla ma chandelle. Je fus plongé dans le noir.

10

Panique et lâcheté

Pendant quelques instants, l'obscurité parut totale. Les arbres qui cernaient la maison bloquaient les rayons de lune, et aucune clarté ne passait par la fenêtre.

Alors que j'inspirais profondément pour calmer les battements de mon cœur, je remarquai une faible source de lumière, provenant d'une des étagères écroulées, près de la porte. Il y restait un unique livre, qui émettait une lueur sanglante.

Je m'approchai. Le titre de l'ouvrage, posé verticalement, était parfaitement lisible. C'était le *Codex du Destin*, le dangereux grimoire que mon maître avait voulu détruire.

Un sourd grondement sur ma droite me fit bondir en arrière: deux yeux malveillants me fixaient au milieu d'une face bestiale, celle d'un être au crâne chauve, aux larges oreilles pointues d'où pendaient de longs poils. Des crocs recourbés soulevaient sa lèvre supérieure. Une lumière orangée irradiait de son corps de forme humaine, qui mesurait bien six pieds de haut. Cet être terrifiant portait de lourdes bottes et des vêtements en lambeaux maculés de boue. De longues griffes acérées terminaient les doigts de ses mains, deux fois plus grandes que les miennes.

Avec un nouveau grognement, il avança d'un pas. Je reculai, mon bâton en position de défense. Je n'avais encore jamais rien rencontré de semblable. Pourtant, l'allure de cette créature me rappelait quelque chose. En avais-je vu une image dans le *Bestiaire* de l'Épouvanteur? Un croquis fait d'après la description de quelqu'un d'autre?

Prêt à contrer une attaque, je relâchai la lame rétractable au bout de mon bâton. Son alliage d'argent se montrait efficace contre la plupart des habitants de l'obscur; néanmoins, cela ne me servit à rien. Le monstre était incroyablement véloce. Une seconde plus tôt, il dardait sur moi ses yeux menaçants, la seconde d'après il avait bondi derrière moi, m'arrachant mon bâton au passage. Je perdis l'équilibre et tombai sur les genoux. Mon adversaire, qui avait gagné le fond de la salle, examinait l'objet dont il s'était emparé. Soudain, il le brisa en deux et jeta les morceaux par terre.

— Une arme bien fragile, qui ne m'aurait fait aucun mal, gronda-t-il. Tu es jeune. Tu dois avoir meilleur goût que le vieil homme.

Meilleur *goût* ? Ces mots me glacèrent. Qu'est-ce qu'ils signifiaient ? Que la créature avait dévoré l'Épouvanteur ? Que j'arrivais trop tard ? M'efforçant d'ignorer l'angoisse qui m'assaillait, je me concentrai, comme mon maître m'avait appris à le faire.

Le monstre s'approcha lentement ; il allait attaquer. Passant la main gauche sous mon manteau, je tirai la Lame du Destin.

Aussitôt, une troisième source de lumière s'ajouta à celles produites par le grimoire et par la créature aux longs crocs. Les yeux de rubis du skelt rougeoyaient et pleuraient des larmes de sang. L'épée avait soif.

Le regard bestial de mon adversaire flamboya. Un éclair orangé bondit sur moi. Je frappai horizontalement, d'un geste plus instinctif que calculé. Coup de chance ? En tout cas, je sentis un impact et manquai de lâcher l'épée. Je la serrai plus fort. Du sang coulait toujours des yeux de rubis, mais à présent la lame était elle aussi fraîchement rougie.

La créature réapparut devant moi, dos aux rayonnages effondrés. Accroupie, la tête basse, elle tenait son épaule, où béait une large plaie. Je l'avais touchée, mais était-ce suffisant pour me redonner l'avantage ?

— Où est mon maître ? demandai-je.

Je n'obtins en réponse qu'un sourd grondement. Le temps des discours était passé. L'un de nous devrait mourir ici.

J'avançai prudemment d'un pas, d'un autre. Mon adversaire pouvait encore bondir tel un diable hors de sa boîte et me déchirer la gorge avant que j'aie le temps de réagir. Je fis donc usage d'un de mes dons, hérité de ma mère, celui d'influer sur le cours du temps. En m'entraînant à l'épée, Grimalkin m'avait fait pratiquer cette technique dans des conditions de combat.

Concentre-toi ! Ralentis le temps ! Arrête-le !

Quand la créature attaqua, mon pouls était régulier, mon esprit focalisé sur la tâche à accomplir. L'éclair orangé qui fondit sur moi reprit forme. Son intention m'apparut alors clairement, car sa bouche grande ouverte révélait deux rangées de dents. Celles du haut étaient de longs crocs, celle du bas, plus petites, des aiguilles effilées. La bête tendait vers moi ses mains griffues, prête à m'enlacer dans une étreinte mortelle.

Concentre-toi ! Ralentis le temps ! Arrête-le !

Ça marchait ! J'avais pris le contrôle. À chaque pas, mon adversaire ralentissait. Tout son corps frémissait d'impatience, mais il ne bougeait plus qu'à peine. À présent c'était *moi* qui courais vers lui, l'épée levée. Je mis dans mon bras toute la force dont j'étais capable, augmentée de l'angoisse et de la colère que j'éprouvais en pensant au sort de mon maître.

La lame trancha net le cou de la créature. Sa tête rebondit sur le sol et roula dans la poussière, sous les étagères. Le corps esquissa un pas vers moi, un flot de sang jaillissant de son cou sectionné. Puis il vacilla et s'effondra, tandis qu'une épaisse mare rouge s'étendait à mes pieds.

J'éprouvai une étrange satisfaction. Il me semblait que la lame avait agi de concert avec moi ; nous avions uni nos talents pour porter le coup parfait. Grimalkin m'avait appris à manier l'épée, mais c'était la Lame du Destin qui avait mené la danse. Nos destinées étaient désormais liées.

Je reculai pour ne pas marcher dans le sang. Je restais sur mes gardes et ne remis pas l'arme au fourreau, certaines créatures de l'obscur bénéficiant d'un extraordinaire pouvoir de régénération. Or, celle-ci me surprit.

La lueur orangée qui émanait d'elle s'éleva dans les airs pour former une colonne qui s'enroulait lentement en spirale juste au-dessus du corps. Alors, comme avalée par le mur, elle disparut.

Aussitôt, une répugnante odeur de pourriture envahit la pièce. Seul le rougeoiement des yeux de rubis, sur le pommeau de l'épée, éclairait vaguement le cadavre. Il se mit à bouillonner, une vapeur âcre s'en éleva. Une main devant la bouche, je le regardai se décomposer. Qu'est-ce qui s'était donc échappé de lui? Son âme? Quel genre de démon avais-je affronté?

Le cœur lourd, je me rappelai ce qu'il avait dit de l'Épouvanteur. Se pouvait-il qu'il soit mort? Cette idée était inacceptable. Je déglutis difficilement. Pas question de partir de la maison avant d'avoir trouvé une trace de mon maître!

Après avoir rallumé ma chandelle, je m'approchai de l'autre porte, celle que Dame Fresque avait utilisée. Je supposai qu'elle menait à ses appartements. Or, à ma grande surprise, j'entrai dans une minuscule antichambre, d'où partait un escalier de pierre qui s'enfonçait dans les ténèbres.

Où menait-il? Dans une cave? Était-ce là que la maîtresse des lieux était descendue chaque fois qu'elle nous avait quittés? La cloche sonnait-elle quelque part dans les profondeurs?

Je m'engageai sur les marches, l'épée dans la main droite, la chandelle dans la gauche. Je les avais changées de main, parce que l'escalier s'incurvait dans le sens contraire des aiguilles d'une montre, et j'avais ainsi plus d'espace pour manœuvrer mon arme. Je comptai les marches pour estimer la profondeur à laquelle je descendai. J'en étais à quarante quand elles cessèrent de tourner, et j'aperçus un dallage. Après deux marches de plus, je m'arrêtai. Le petit cercle de lumière jaune projeté par la chandelle éclairait des ossements, répandus sur le sol. Je sus au premier regard qu'ils étaient humains ; certains étaient couverts de sang. Je distinguai un crâne et un morceau de radius. J'avais pénétré dans l'antre de créatures qui se nourrissaient de chair humaine. Je me demandai si certains de ces restes appartenaient à mon maître.

D'autres monstres comme celui que j'avais tué pouvaient fort bien être là. Dame Fresque en personne se tenait peut-être dans l'ombre, prête à me sauter dessus.

Soudain, un coup de vent glacé éteignit de nouveau ma chandelle. Je la remis dans ma poche, le souffle court. Puis, tenant mon épée à deux mains, je m'accroupis pour guetter l'attaque. La lame se remit à luire, et je remarquai dans l'obscurité des points de lumière rouge qui venaient vers moi. Un sourd grondement s'éleva sur ma droite, un autre juste devant moi. Un tremblement me saisit, et le rougeoiement de l'épée s'éteignit. C'était des yeux ! Des dizaines d'yeux qui me regardaient !

Pris de panique, je fis demi-tour et gravis les marches quatre à quatre. Je traversai en hâte la bibliothèque. Dans ma terreur, je me cognais aux étagères, je ne retrouvais plus la porte. Par chance, l'épée lança un bref éclair qui me montra le chemin. Je parcourus le corridor au galop et me ruai hors de la maison.

Arrivé dans l'allée, je ne ralentis pas. De nouveau j'entendis un bruit de pattes, comme si un énorme animal trottait à mes côtés. Je n'en courus que plus vite. Je quittai bientôt la rue Torve et fonçai dans les rues désertes.

Même après avoir franchi le pont, je ne me sentais pas en sécurité. Je traversai la ville et continuai jusqu'à laisser Todmorden loin derrière moi. Je pensais à Judd. Quel rôle jouait-il dans tout ça ? Il était venu à Chipenden pour hâter notre voyage à Todmorden. Il savait sûrement dans quel guêpier il nous entraînait. Auquel cas, il ne serait pas le premier ancien apprenti de l'Épouvanteur à s'être tourné vers l'obscur ! Je ressentais envers lui autant d'amertume que de colère.

Arrivé à la lisière de la lande, je remis l'épée au fourreau, me blottis sous une haie d'aubépine, exténué, et sombrai dans un sommeil sans rêve.

Quand je m'éveillai, le soleil était déjà haut dans le ciel. J'avais la bouche sèche, tout le corps me faisait mal. Mais le pire était la honte qui m'écrasait. J'avais couru loin des dangers de la cave. Non, je n'avais pas couru : j'avais détalé comme un lâche, dans l'affolement le plus total. J'étais apprenti épouvanteur depuis plus de trois ans et je ne me souvenais pas de m'être jamais conduit aussi lamentablement. J'avais déjà affronté bien des créatures effroyables et j'avais trouvé la force de lutter. Que m'était-il arrivé ? Toutes ces années où j'avais vécu en danger, soumis à une peur constante, avaient finalement pris leur revanche, c'était la seule explication. Avais-je donc perdu tout courage ? En ce cas, comment assurerais-je un jour mes fonctions d'épouvanteur ? Et si mon maître était encore en vie ? Je l'avais abandonné. Il méritait mieux que ça, infiniment mieux !

Je me relevai et repartis vers Todmorden. Cette fois, je ferais face et je me battrais.

11
La malédiction des sorcières

Il était presque midi, pourtant, il n'y avait ni boutiques ouvertes ni marchands ambulants, et bien peu de passants. En parcourant les rues étroites, je n'en croisai qu'une dizaine, dont le vieil homme à la canne à qui nous avions parlé à notre arrivée, et qui traversa pour m'éviter. Puis, en approchant du fleuve, je vis M. Benson, assis sur sa charrette, sous les arbres, à bonne distance du pont.

– Où sont donc ces fameux livres? me lança-t-il. Je n'ai pas toute la journée. Ils devraient être empilés ici, prêts à être chargés. Mes bêtes sont nerveuses.

J'envisageai un instant de le prier d'attendre, au cas où mon maître, blessé, aurait besoin d'un véhicule. Mais je compris vite que je perdrais mon temps. Les deux chevaux roulaient les yeux, couverts de sueur. Je devrais me débrouiller seul.

– Je suis désolé, dis-je, mais nous n'aurons pas de livres à transporter aujourd'hui. Voici pour votre dérangement.

Je tirai quelques pièces de ma poche et les lui tendis.

– C'est tout ? grommela-t-il en s'en emparant avidement. Ça ne valait pas la peine de se lever pour si peu.

Il fouetta ses chevaux, fit virer la charrette et s'en alla sans même m'accorder un regard.

Je marchai jusqu'au fleuve, mais, devant le pont délabré, un frisson d'effroi me parcourut. Sur l'autre rive, les serviteurs de l'obscur m'attendaient et, à en croire les yeux rougeoyants qui m'étaient apparus dans la cave, ils étaient nombreux, bien trop nombreux pour que je puisse les affronter seul. Il le fallait, pourtant. Je devais découvrir ce qui était arrivé à mon maître, sinon, je ne serais plus jamais en paix avec moi-même.

Je fis un pas, un deuxième. Je m'obligeai à mettre un pied devant l'autre jusqu'à ce que j'eusse atteint l'autre rive. « Il fait grand jour, me disais-je. Mes ennemis sont terrés dans l'obscurité, quelque part au fond des souterrains. Je serai en sécurité tant que je ne m'éloignerai pas de la lumière du soleil. »

Mais n'était-ce pas, justement, ce que je devrais faire ? Si je voulais retrouver l'Épouvanteur, il me fallait explorer cette cave.

Je remontai la rue Torve. Tout en marchant, je me rappelai un autre manquement à mes devoirs. En fuyant la maison de Dame Fresque, j'aurais dû emporter le *Codex du Destin* et le détruire. C'était sans aucun doute ce que mon maître aurait fait. J'imaginais ses reproches pour avoir commis une telle erreur. Mais entendrais-je encore un jour le son de sa voix ?

Il faisait toujours aussi sombre sous les arbres. Cette fois, cependant, rien ne me suivit. Quand je découvris la maison, je constatai que la porte était fermée. Contournant l'arbre, je tirai la Lame du Destin et frappai avec le pommeau.

Des pas résonnèrent presque aussitôt. La porte s'ouvrit et Dame Fresque apparut.

Elle désigna mon épée, les sourcils froncés.

– Range ça ! m'ordonna-t-elle. Tu n'en auras pas besoin tant que je serai à tes côtés.

Comme j'hésitais, elle me sourit, ce qui n'atténua pas la dureté de son regard. Elle était toujours aussi jeune et jolie, mais il y avait à présent dans ses manières quelque chose d'impérieux qu'elle avait dissimulé lors de nos précédentes rencontres.

– Fais-moi confiance et entre, reprit-elle d'une voix plus douce. Si tu franchis ce seuil librement, tu seras sous ma protection.

Que faire ? Elle avait beau être une jeune personne attirante, je devinais qu'elle était une alliée de l'obscur. D'un côté, j'étais tenté de la bousculer pour pénétrer de force dans la maison. De l'autre, j'estimais plus prudent d'accepter son offre. Ainsi, j'aurais une chance d'obtenir une réponse aux nombreuses questions qui se bousculaient dans ma tête.

Quand j'eus remis l'épée au fourreau, son sourire s'étendit à ses yeux.

– Entre et sois sans crainte !

Elle s'écarta pour me laisser passer.

– Suis-moi, dit-elle en me conduisant vers la bibliothèque.

Les lambris luisaient de nouveau, et toute la maison sentait le propre. La bibliothèque était telle que nous l'avions découverte, mon maître et moi, avec ses rayonnages chargés de livres, et les ouvrages que nous avions sélectionnés s'entassaient sur la table. Une magie noire extraordinairement puissante était à l'œuvre ici.

Un changement, pourtant, m'arrêta sur le seuil. Un squelette gisait sur le plancher, près des morceaux de mon bâton brisé. Les ossements, d'un jaune sombre, étaient anciens, et la tête manquait. Du coin de l'œil, j'aperçus un crâne posé près d'une étagère, sur ma droite. C'était les restes de la créature que j'avais décapitée.

– Il était mon compagnon, déclara Dame Fresque en désignant le squelette. Nous avons longtemps vécu heureux, jusqu'à votre rencontre de la nuit dernière.

– Je compatis à votre perte, dis-je d'une voix égale. Mais c'était lui ou moi. Je le soupçonne d'avoir tué mon maître, John Gregory.

– Et il t'aurait sûrement tué. Cependant, tu te trompes en pensant qu'il n'est plus. Ce n'est pas *lui* que j'ai perdu, simplement le corps qu'il occupait depuis des années. Il en trouvera bientôt un autre, et j'espère qu'il sera à mon goût, conclut-elle avec un sourire. Alors, pour prix de ce que tu lui as fait, il reviendra te chercher pour prendre *ta* tête.

– Quel genre de créature êtes-vous ? demandai-je.

– Je suis une strigoïca, une femelle de notre espèce. Mon compagnon est un strigoï. Nous sommes originaires de Transylvanie, une région de Roumanie dont le nom signifie « la terre au-delà de la forêt ». Nous sommes des démons.

– Où est Judd Brinscall ? repris-je. Quel rôle a-t-il joué dans tout ça ? Quand est-il entré au service de l'obscur ?

— Ne t'inquiète pas de lui. Il n'a plus que quelques nuits à vivre, peut-être même quelques heures seulement.

— C'est sa récompense pour nous avoir trahis ?

Dame Fresque pinça les lèvres sans répondre. Aussi, malgré mon angoisse au sujet de mon maître, je gardai mon calme, déterminé à en apprendre davantage. L'Épouvanteur aurait agi ainsi.

— Pourquoi vous êtes-vous installés ici ?

— Pour de multiples raisons, mais nous restions entre nous et vivions heureux, causant le moins de trouble possible. Puis j'ai reçu l'ordre de vous amener en ces lieux, ton maître et toi.

— Un ordre venu de qui ?

— Il m'est interdit le révéler. Beaucoup de nos semblables habitent alentour. La plupart sont arrivés depuis peu. Certains sont très puissants, et je suis tenue de leur obéir. Sinon, ils feraient appel à un être terrible qui me détruirait à l'instant.

— Pourquoi nous avoir attirés par ruse ? Pour nous tuer ? Vous avez tué mon maître, et maintenant c'est mon tour ? criai-je en posant la main sur le pommeau de mon épée.

— Tire cette lame, et tu ne seras plus sous ma protection ! répliqua sèchement Dame Fresque. Ton maître n'est pas mort, et il a désespérément besoin de ton aide. Calme-toi, et je te conduirai à lui.

Laissant retomber ma main, j'opinai de la tête.

La strigoïca désigna la porte qui menait à la cave :

– Il est en bas.

Elle ouvrit la porte, et je la suivis. Tout avait bien changé depuis ma précédente incursion. Les marches étaient propres, aucune toile d'araignée ne souillait les murs peints en vert. Des torches placées dans des anneaux éclairaient l'escalier. Mon maître s'était-il trouvé piégé ici, cette nuit-là, dans le noir, cerné par les créatures de l'obscur ? J'aurais pu le secourir ! Au lieu de quoi, je m'étais enfui, paniqué. Un tel comportement me faisait honte, je n'arrivais pas à me l'expliquer. Je me souvins de la malédiction lancée autrefois contre l'Épouvanteur par les sorcières de Pendle, et ma gorge se serra : *Tu mourras en un lieu obscur, au plus profond des profondeurs, sans un ami à tes côtés.*

Nous posâmes le pied sur les dalles de pierre de la cave. Le seul meuble qui l'occupait était une table sur laquelle trônait un gros coffret noir. Un motif en argent repoussé décorait le couvercle. C'était une tête de skelt, semblable à celle qui ornait la couverture du *Codex du Destin* et le pommeau de mon épée.

Tout cela était bien sinistre, et mon cœur battit plus fort. Marchant vers la table, Dame Fresque souleva le couvercle.

– Voici ton maître, dit-elle.

Le coffret contenait la tête de l'Épouvanteur.

12
Pire que la mort

Une vague de désespoir me submergea. Choqué, incapable d'accepter ce que je voyais, je restai comme engourdi. La strigoïca avait menti. Ils avaient tué mon maître.

– Il peut encore parler, dit-elle. Mais il est livré à de grands tourments et supplie d'en être délivré. Interroge-le !

À cet instant, les paupières de l'Épouvanteur se soulevèrent, et il me regarda. Il ouvrit la bouche, tenta d'articuler quelque chose. Il n'émit qu'un croassement, et un filet de sang lui coula le long du menton. Une expression de douleur lui tordit le visage, et il referma les yeux.

– Ceci est notre vengeance pour ce que vous et vos alliées avez fait subir au Malin, déclara Dame Fresque. Pour libérer son âme, la tête de ton maître doit être brûlée. Je suis prête à te la remettre – à une condition : que tu m'apportes d'abord celle du Malin !

L'Épouvanteur grogna et rouvrit les yeux. Il marmonna une phrase inintelligible, et je me penchai pour approcher mon oreille de ses lèvres.

Il parut suffoquer, roula les yeux. Puis il toussa pour s'éclaircir la gorge.

– Aide-moi, petit ! rauqua-t-il. Libère-moi ! C'est pire que la mort. Je souffre. Je souffre affreusement. Libère-moi !

Fou de chagrin, je manquai de m'évanouir.

– Vas-tu abandonner ton maître à son sort ? me lança Dame Fresque. Nous connaissons la sorcière qui transporte la tête du Malin. Elle se nomme Grimalkin. Attire-la ici, et en échange nous délivrerons ton maître de ses tourments.

J'en eus la nausée. Pour détruire le Malin, on m'imposait de sacrifier Alice ; à présent, pour sauver mon maître, je devais mener Grimalkin à la mort. Mais trahir mon alliée aurait de terribles conséquences. Les serviteurs du Malin rapporteraient sa tête en Irlande, où ils la réuniraient à son corps, le libérant de la fosse de Kenmare. Il s'emparerait alors d'Alice et de moi, et nous entraînerait dans l'obscur, morts ou vifs. Aussi terrifiant que ce soit, mon devoir était clair : protéger la population du Comté. Je ne laisserais jamais le Malin revenir sur la Terre. Non, je ne ferais pas ça ! Mais je pouvais m'emparer de force de la tête de mon maître et lui rendre la paix.

Je tirai l'épée.

Aussitôt, un vent glacé s'engouffra dans la cave, soufflant toutes les torches. Des yeux rougeoyèrent dans l'obscurité, encore plus nombreux que la nuit précédente. Je perçus des grondements menaçants, des cliquetis de griffes sur les dalles. J'étais cerné. D'où sortaient donc toutes ces créatures ?

La peur m'envahit. Il y en avait trop, beaucoup trop. Je n'avais aucune chance contre de telles monstruosités.

– Il est encore temps, me souffla Dame Fresque dans le noir. Range cette arme et tu seras de nouveau sous ma protection.

Je dus m'y reprendre à trois fois tant ma main tremblait pour remettre la Lame du Destin au fourreau. Quand ce fut fait, les yeux rouges disparurent, les bruits se turent et les torches emplirent la cave de leur lumière jaune.

– Une seconde de plus, et c'en était fait de toi, commenta Dame Fresque.

Refermant le coffret, elle ordonna :

– Suis-moi ! Demeurer plus longtemps en ces lieux ne serait pas sûr. Ma protection a des limites.

Elle me ramena en haut des escaliers, jusque dans la bibliothèque.

– Ne tarde pas à convoquer la sorcière tueuse, m'avertit-elle. Nous t'offrons d'échanger la tête du Malin contre celle de ton maître, mais fais vite ! Chaque jour qui passe augmente ses tourments. Tu n'imagines pas les tortures que nous pouvons lui infliger.

Glacé, je demandai :

– Où est son corps ? Je voudrais l'enterrer.

Je savais que je devrais brûler sa tête pour délivrer son esprit des liens de la magie noire, mais mettre ses restes en terre me réconforterait un peu. Même si l'Église refusait aux épouvanteurs le droit de reposer en terre consacrée, je trouverais bien un prêtre compréhensif qui réciterait une prière et me permettrait d'ensevelir son corps à la lisière d'un cimetière. Cet espoir fut balayé d'un mot.

– Impossible ! décréta froidement Dame Fresque. Son corps ne nous servait à rien, nous l'avons jeté en pâture à un moroï. Ces élémentaux sont perpétuellement affamés.

Écœuré et furieux, je quittai la maison sans un mot de plus. Je gagnai le fleuve, traversai le pont et m'assis sous un arbre pour réfléchir.

L'idée d'abandonner mon maître à ses souffrances était intolérable. Néanmoins, je n'avais pas le choix, du moins provisoirement. Attirer Grimalkin dans ce piège ? Il n'en était pas question, pas plus que de laisser la tête du Malin aux mains de la strigoïca et de ses alliés ! Dans le peu de délai qui m'était encore imparti, je devais trouver le moyen de détruire le Démon.

Je ne sais combien de temps je restai assis là, à soupeser le pour et le contre, et à pleurer sur le sort de l'Épouvanteur, qui avait toujours servi le Comté et tant souffert pour le protéger. Il avait été pour moi bien plus qu'un maître ; il était devenu un ami. J'avais imaginé qu'après avoir achevé ma formation, je le soulagerais d'une partie de sa tâche jusqu'au jour où il prendrait sa retraite. Cette perspective était anéantie. À présent, j'étais seul, et ce que j'éprouvais était un cruel mélange de terreur et d'accablement.

Finalement, je regagnai l'auberge. Je montai prendre dans le sac de l'Épouvanteur un morceau de fromage et assez d'argent pour payer l'aubergiste. Je laissai nos deux sacs dans ma chambre, la fermai à clé et redescendis l'escalier.

Le bonhomme fronça les sourcils en me voyant, mais il se détendit quand je déposai une pièce d'argent dans sa paume.

– Voici pour deux nuits de plus, dis-je.

– As-tu retrouvé ton maître ?

Je ne répondis pas, mais, alors que je m'éloignais, il me lança :

– S'il n'est pas de retour à cette heure, c'est qu'il est mort ! Et tu finiras comme lui si tu ne repars pas chez toi !

Je me dirigeai vers le pont en dévorant le fromage, que je fis passer avec quelques gorgées de l'eau froide de la rivière. Je pensais à la maison de Dame Fresque. Comment pouvait-elle être propre et bien entretenue pendant le jour, avec sa bibliothèque pleine de livres, et en ruine à la nuit tombée ? Un puissant sortilège de magie noire devait être à l'œuvre, un sort d'illusion.

Alors, quelle était la vérité ? Celle du jour ou celle de la nuit ? Mon instinct, entraîné à distinguer le vrai du faux, m'assurait que la vision nocturne était la bonne.

Que me conseillerait mon maître ? La réponse m'apparut aussitôt. Il me recommanderait d'être courageux et d'agir en épouvanteur. Je devais récupérer sa tête et lui procurer la paix qu'il méritait. Je possédais la Lame du Destin, et j'avais la ferme intention de m'en servir. J'allais nettoyer cette cave répugnante des créatures qui s'y terraient. Et j'attaquerais de nuit, quand les choses auraient leur véritable apparence.

Le temps de la peur était passé. Maintenant, le chasseur, ce serait moi.

13
Je ne verrai pas l'aube

Peu après le coucher du soleil, je remontai une fois de plus la rue Torve, réfléchissant à la situation. Le *Bestiaire* de l'Épouvanteur était à Chipenden – ce serait le premier livre à être replacé dans sa bibliothèque –, je ne pouvais donc m'y référer. Je cherchai désespérément dans ma mémoire ce que j'avais lu sur les créatures de l'obscur originaires de Roumanie.

Strigoï et strigoïca étaient des démons, mâles et femelles. Ils vivaient et agissaient en couple. Le mâle prenait possession d'un cadavre et, vulnérable au rayonnement du soleil, devait passer les heures diurnes à l'abri de la lumière. La femelle s'emparait d'un vivant et montait la garde pendant le jour.

Dame Fresque avait dû être une charmante jeune personne, mais son corps était désormais occupé par un être maléfique. J'avais décapité son compagnon ; je l'avais vu abandonner son hôte mort ; dès qu'il en aurait trouvé un autre, il me traquerait. Comment le mettre définitivement hors d'état de nuire ?

Une autre question me tourmentait. Dame Fresque m'avait dit avoir été sommée de nous attirer ici. Ceux à qui elle obéissait pouvaient convoquer un être si redoutable qu'il la « détruirait à l'instant ». Qu'est-ce que c'était ? Y avait-il quelque chose, dans le *Bestiaire*, concernant une telle entité ? Je ne m'en souvenais pas. La Roumanie me paraissait fort loin de nous. Du coup, j'avais parcouru ces chapitres en diagonale, sans mémoriser des informations dont je ne pensais pas avoir un jour l'utilité. Je secouai la tête, consterné par ma négligence. Dorénavant, je devrais me montrer plus sage, me comporter en épouvanteur et non plus en simple apprenti.

Je m'aventurai de nouveau sous la voûte sombre des arbres. Je n'avais pas fait dix pas que je perçus les habituels bruits inquiétants sur ma droite.

Je fis halte ; la chose s'immobilisa. Mais j'entendais encore une sourde et lente respiration. Soit je poursuivais mon chemin jusqu'à la porte de la demeure de la strigoïca, soit j'affrontais cette créature une bonne fois pour toutes.

Sans plus attendre, je tirai mon épée. Les yeux de rubis du pommeau rougeoyèrent, éclairant un ours énorme qui s'avançait pesamment vers moi. Soudain, il se dressa sur ses pattes de derrière. Il me dominait de toute sa hauteur, ses griffes luisaient, tels de longs poignards courbes, terriblement affûtés, capable de déchiqueter n'importe quelle proie. Il rugit, la gueule dégoulinante de salive, et je respirai son haleine puante. Je levai mon arme, prêt à me défendre.

Puis une autre idée me vint.

Je reculai jusqu'au milieu de l'allée. Aussitôt, l'ours retomba sur ses quatre pattes. Il fixait sur moi un regard intense, sans toutefois faire mine d'attaquer. Je me souvenais de l'avertissement que j'avais reçu, de ne pas m'écarter du chemin à cause des ours. Y étais-je en sécurité ?

Je rengainai l'épée et repris ma marche vers la maison. L'ours me suivit. Il était peut-être une sorte de gardien, surveillant la propriété de Dame Fresque, comme le gobelin qui protégeait autrefois le jardin de Chipenden. Un mot me vint alors en tête : *moroï* !

Dame Fresque m'avait dit avoir jeté le corps de l'Épouvanteur en pâture à un moroï. Je me rappelai vaguement avoir lu quelque chose à ce sujet dans le *Bestiaire* de mon maître. Les moroï étaient des élémentaux, des esprits vampires, habitant les arbres creux. Mais ils pouvaient prendre possession du corps d'un animal, l'ours étant leur hôte favori. Ils chassaient les humains et les étouffaient avant de les traîner dans leur antre. La lumière du soleil les détruisait, aussi ne les rencontrait-on jamais en plein jour. Autre détail : un moroï est souvent contrôlé par un strigoï et une strigoïca. Mon hôtesse n'avait donc pas menti ; elle avait un élémental pour gardien.

Si celui-ci ne s'en prenait pas aux visiteurs restant sur le chemin, c'est que le chemin lui-même n'avait pas besoin d'être gardé. Quiconque l'empruntait était aussitôt repéré par les démons habitant la maison. Et il offrait une route sûre à ceux qui étaient les bienvenus.

Il était inutile que je combatte le moroï, j'avais assez d'ennemis dans le manoir. L'allée ne présentant aucun danger, autant économiser mes forces. Je hâtai le pas et, quand j'atteignis la maison, j'entendis l'ours s'éloigner entre les arbres.

La porte était ouverte. J'entrai, l'épée à la main. Cette fois, je ne me donnai pas la peine d'allumer une chandelle. J'avais repris courage, et cela suffit à ranimer les yeux de rubis sur la Lame du Destin, qui projetèrent un rayon de lumière rouge le long du corridor.

Je franchis la porte de la bibliothèque, m'attendant à revoir les rayonnages écroulés sous leurs tentures de toiles d'araignée. Au lieu de ça, je découvris des dizaines de points rouges luisant dans l'obscurité.

Je crus d'abord qu'il s'agissait de paires d'yeux. Ce n'était que les reflets des yeux de rubis. La bibliothèque avait disparu, j'étais dans une galerie de miroirs, insérés dans des cadres de métal ornementés, trois fois plus hauts que moi.

J'avançai dans la salle à pas prudents. Les miroirs me faisaient face, alignés les uns derrière les autres le long des murs tels des paquets de cartes. Et devant moi, indéfiniment reflété, se tenait un jeune homme qui portait le manteau à capuchon des apprentis épouvanteurs et serrait une épée à deux mains.

Puis les surfaces de verre tremblèrent, les images changèrent. À présent, des visages aux regards hostiles, cruels, me fixaient, comme prêts à se jeter sur moi pour me dévorer. Certains semblaient psalmodier une incantation, d'autres émettre des grognements bestiaux. Mais ce n'était que des images, et un profond silence régnait dans la pièce. Un léger bruit m'alerta. Je pivotai : une souris fila devant moi et disparut dans l'ombre.

Inspirant profondément, j'examinai de nouveau les miroirs. On y voyait des femmes aux cheveux mêlées d'épines, aux sinistres faces cadavériques. Était-ce des strigoïca ? Si oui, pourquoi n'avaient-elles pas investi des corps plus jeunes, comme celui de Dame Fresque ? Toutes avaient en commun des bouches rougies de sang. Était-ce un autre genre de créatures ? Elles m'évoquaient plutôt des sorcières.

Dans mon esprit, en tout cas, la colère avait remplacé la peur. Ils n'étaient pas les premiers yeux féroces à m'observer grâce à des miroirs ! J'espérais seulement que ces êtres avaient une substance que je pourrais entamer à coups d'épée. Je donnai alors libre cours à ma fureur.

Balançant mon arme de droite à gauche, je fracassai les miroirs les uns après les autres. Ils explosèrent dans un tintamarre de verre brisé, et leurs éclats rebondissaient à mes pieds en pluie d'argent. Chaque fois, l'image s'éteignait. Quand le dernier miroir fut détruit, seuls les yeux de rubis de l'épée brillaient encore. Mais, quand je dépassai le dernier cadre vide, je fus fort désappointé. Au lieu de la porte menant à la cave, je ne trouvai qu'un mur nu. Je m'étais préparé à descendre pour me battre et délivrer mon maître de ses tourments ; à donner ma vie s'il le fallait. J'avais escompté que la vraie nature de la maison se révélait pendant les heures nocturnes ; je m'étais trompé. La magie qui l'animait était beaucoup plus subtile. La maison se transformait à son gré. La tête de mon maître était hors d'atteinte ; je n'avais aucun moyen de le libérer.

Déçu, désemparé, je revins sur mes pas. Je quittai cette demeure trompeuse et repris le chemin sous les arbres. Cette fois, l'ours possédé par un moroï ne se manifesta pas. Arrivé au bord de la rivière, je ne la traversai pas, mais m'assis près du pont.

On peut combattre à l'épée ou au bâton n'importe quel ennemi, à condition qu'il se tienne devant vous. Pour le moment, mes armes ne servaient à rien. Il me fallait utiliser mon cerveau.

Malheureusement, trop d'émotions me chamboulaient. Je ne cessais de penser à mon maître. Je n'arrivais pas à chasser de mon esprit l'image de sa tête coupée. Chaque fois que je fermais les yeux, elle revenait me hanter. La poitrine serrée, je luttai pour retenir mes larmes. John Gregory ne méritait pas de finir sa vie ainsi. Je *devais* l'aider. Je *devais* le sauver d'une manière ou d'une autre.

Incapable de rester assis, je me relevai. Je n'avais pas exploré cette partie de Todmorden. Il existait peut-être un autre moyen d'approcher de la maison, et même d'y entrer ? Ou un autre corps de bâtiment que je n'avais pas vu, où l'Épouvanteur était à présent gardé ?

Parcourant de nouveau les rues étroites, je découvris un chemin qui montait vers la colline, sous les arbres. J'arrivai devant un portail. Je l'escaladai et continuai à travers champs, jusqu'à me trouver sur une hauteur.

C'était un excellent point d'observation. Le ciel était clair, les étoiles me fournissaient juste assez de lumière. J'apercevais en contrebas la rue menant à la maison de Dame Fresque, cachée par les arbres, mais aucun autre chemin pour m'y rendre.

Plus bas, rien ne bougeait dans les rues désertes, où les maisons se pressaient craintivement les unes contre les autres. Je remarquai alors d'autres grandes demeures, à flanc de coteau, toutes à demi ensevelies sous les arbres.

Était-ce des repaires de strigoï et de strigoïca ? Il y en avait au moins trente, sans compter celles qui se dissimulaient peut-être dans le feuillage. Je les observai longuement. Une chouette hulula ; le rugissement d'un ours lui répondit, quelque part dans la forêt. Le vent se leva, des nuées venues de l'ouest occultèrent les étoiles. Les ténèbres s'épaissirent ; les maisons n'étaient plus qu'à peine visibles. Puis une fine colonne de lumière jaune monta du sol jusqu'au ciel. Elle gagna en intensité et changea de couleur, devenant pourpre avant de tourner au rouge sombre.

Elle émanait d'un épais bosquet, non loin du bâtiment le plus proche. C'est alors qu'un premier globe lumineux s'éleva d'une maison, bientôt suivi d'un deuxième, puis d'un troisième, et d'autres encore.

Chacun apparaissait au-dessus d'une des grandes demeures ; j'en dénombrai neuf. Ils se rassemblèrent pour former un groupe de sphères, qui se mirent à danser autour de la colonne de lumière, tels des moucherons d'été.

Soudain, une présence inconnue s'empara de mon esprit. Je ressentis le besoin irrépressible de marcher vers les globes lumineux. Pris de terreur, je vacillai. Je savais ce qu'étaient ces entités et quel terrible danger elles représentaient : c'était des sorcières roumaines, qui vivaient en solitaires. Ce que je voyais était leurs âmes, projetées hors de leurs corps grâce à la magie animiste. Elles ne se réunissaient que de cette façon. D'après le *Bestiaire* de mon maître, elles ne buvaient pas de sang humain. Mais, si, sous leur aspect de globe lumineux, elles rencontraient un humain, elles aspiraient ses forces vitales, entraînant une mort rapide et inévitable. Je sentais leur pouvoir. Elles connaissaient ma présence à Todmorden. Cependant, faute de m'avoir localisé avec précision, elles tentaient de m'attirer par magie.

Ce fut d'abord comme une étrange et puissante musique à l'intérieur de mon crâne – elle me rappelait le chant des sirènes, le long des côtes de Grèce, si mélodieux et si traître. Mon état de septième fils d'un septième fils me conférant une certaine immunité contre les entités de l'obscur, j'y avais résisté comme je résistais maintenant, jusqu'à ce que la musique faiblisse et se taise.

Sans doute les sorcières avaient-elles pris la mesure de mon endurance, car elles employèrent ensuite un charme visuel. Les sphères lumineuses entamèrent une danse complexe, mêlée de pulsations et de changements de couleur, et je sentis ma volonté fléchir, mon esprit voletant à leur rencontre tel un papillon de nuit vers la flamme qui va le consumer.

Je m'accroupis et me recroquevillai, luttant de toutes mes forces contre cette attirance. La sueur me ruisselait sur le front. Peu à peu, le désir de m'élancer vers les sphères s'atténua avant de s'éteindre tout à fait. Néanmoins, le danger n'était pas écarté. Si j'étais repéré, j'étais condamné.

Après dix bonnes minutes de danse autour de la colonne de lumière rouge, les neuf sphères se fondirent en un seul large globe rougeoyant, qui fila vers le nord et disparut.

Où les sorcières étaient-elles parties ? Chassaient-elles une autre proie ? Peut-être évitaient-elles de tuer trop près de la ville ; si elles attiraient l'attention, Todmorden serait vite dépeuplé, et la terreur se répandrait sur toute la région.

Le vent qui avait soufflé avec rage mourut progressivement. Dans le profond silence qui enveloppa la vallée monta l'appel obsédant d'un engoulevent, auquel répondit le hululement d'une chouette. Au loin, de l'autre côté du fleuve, un bébé pleura ; quelqu'un toussa et rouspéta. Quelques instants plus tard, l'enfant se tut – sans doute sa mère le nourrissait-il. Ce n'étaient que les bruits familiers de la nuit. J'entendis alors autre chose.

Il y eut un sourd grondement, suivi d'un cri si perçant que les cheveux se hérissèrent sur ma nuque. À quelque distance au-dessous de moi, une voix supplia :

– Laissez-moi en paix cette nuit ! Ne recommencez pas ! Pas si tôt ! Je ne verrai pas l'aube si vous recommencez ! S'il vous plaît ! S'il vous plaît, laissez-moi !

Bondissant sur mes pieds, je dévalai la pente. Je franchis une clôture et pénétrai sous les arbres. La voix était toute proche, à présent.

– Non ! Oh, non, ne faites pas ça ! Je n'en peux plus. Ne m'en prenez pas trop, mon cœur va s'arrêter ! Je vous en supplie ! Je ne veux pas mourir...

Tout en courant, je tirai mon épée. Les yeux de rubis s'allumèrent aussitôt, et leur rayon de lumière rouge éclaira mon chemin. Je découvris alors avec horreur un strigoï, qui aurait pu être le jumeau de celui que j'avais combattu dans la maison de Dame Fresque. Il avait le même crâne chauve, les mêmes oreilles poilues, et la même lueur orangée émanait de lui.

Il était accroupi sur un homme vêtu d'un manteau déchiré. Il avait tiré à moitié sa victime d'un trou creusé dans le sol, près duquel reposait une large dalle de pierre. Les dents plantées dans le cou du malheureux, il s'abreuvait de son sang.

14
Ils vont se répandre vers l'ouest

Me voyant arriver, le strigoï laissa retomber sa victime sur l'herbe. Il pivota pour me faire face, les crocs découverts, les griffes en avant. Je ne m'arrêtai pas. Toutes les émotions que j'avais refoulées depuis les dernières vingt-quatre heures se muèrent en fureur.

Je portai un coup au démon, mais il s'écarta ; la pointe de ma lame le manqua d'un pouce. Je recommençai ; il esquiva de nouveau. Il gronda, se ramassa sur lui-même, prêt à bondir. Je me rappelai avec quelle vitesse le strigoï de la bibliothèque m'avait attaqué et commençai aussitôt à ralentir le temps.

Soudain, je sentis l'épée tressaillir dans ma main, tandis que ses yeux de rubis versaient des larmes sanglantes. Je ne faisais plus qu'un avec elle. Les deux mains agrippées au pommeau, je fis un pas vers la gauche, deux vers la droite. Puis, abattant de toutes mes forces la lame sur la tête du strigoï, je lui fendis le crâne jusqu'à la mâchoire. La créature s'écroula à mes pieds. Je libérai l'épée, empli d'un sentiment d'intense satisfaction.

Comme je m'y attendais, une lueur orangée s'éleva en spirale, plana quelques secondes puis fila droit vers le ciel pour disparaître au-dessus des arbres. J'avais détruit le corps du démon, mais son esprit était toujours libre. Sans doute allait-il se mettre en quête d'un nouvel hôte.

Encore frémissant de rage, je remis la Lame du Destin au fourreau et me tournai vers l'homme, qui avait rampé sur les genoux. Il leva vers moi des yeux agrandis par la stupeur. Il ne pouvait pas être plus étonné que moi : c'était Judd Brinscall.

– Tu nous as trahis ! m'écriai-je. C'est toi qui nous as conduits dans les griffes de ces démons !

Il ouvrit la bouche pour parler, mais aucun mot n'en sortit. Je l'aidai à se relever. Il se laissa aller contre moi, sans forces, tremblant de tout son corps. Il puait le sang et la terre. Au souvenir de ce qui était arrivé à mon maître, j'eus la brève tentation de le repousser dans la fosse et de tirer la dalle par-dessus. Un autre strigoï le trouverait et achèverait ce que le premier avait commencé. C'était tout ce qu'il méritait !

Puis je pensai à mon père, qui m'avait enseigné à distinguer le bien du mal. Quoi que Judd Brinscall ait fait, l'abandonner aux strigoï était mal. D'ailleurs, le vidaient-ils de son sang en récompense de sa trahison ? C'était absurde. Quant à moi, je m'étais conduit comme un lâche pas plus tard que la veille. Qui étais-je pour le juger ?

Quoi qu'il en soit, ce n'était pas le moment de répondre à ces questions.

– Partons d'ici ! soufflai-je. Traversons la rivière !

La descente se fit avec une extrême lenteur. Les nerfs à vif, je m'attendais à chaque seconde à l'attaque d'une strigoïca, la compagne du démon que j'avais détruit. À moins que les sorcières ne reviennent, les neuf sphères qui fondraient sur nous et aspireraient nos forces vitales sans répandre une goutte de notre sang. Je n'avais aucun moyen de contrer ce genre d'offensive.

Judd gémissait et s'appuyait sur moi de tout son poids. Je devais m'arrêter parfois pour me reposer et j'eus beaucoup de mal à atteindre le fleuve. Peut-être ces créatures étaient-elles incapables de fran-chir une eau courante, bien que des sorcières sous forme de sphères puissent sûrement le faire sans en être affectées.

Épuisé, je traînai Judd à grand-peine jusqu'au bout du pont, et nous nous effondrâmes tous les deux sur l'autre rive. Il tomba aussitôt dans un profond sommeil.

Il me fallait à présent contacter Alice pour la tenir au courant des derniers évènements. Il était également vital de mettre Grimalkin en garde. Elle devait tenir à tout prix la tête du Malin loin de cet endroit maudit. Pour cela, j'avais besoin d'un miroir. Mais je ne pouvais revenir dans ma chambre avant le lever du jour.

Je dus m'endormir moi aussi, car, lorsque je rouvris les yeux, le soleil montait à l'est. Je bâillai et m'étirai pour soulager mes muscles raides.

Je contemplai Judd avec colère. Il gisait à mes pieds, dans son manteau déchiré et taché de sang, des marques de morsures livides au cou.

Il s'éveilla soudain et s'assit. Puis il enfouit la tête dans ses mains, tremblant, aspirant de grandes goulées d'air. Enfin, il me regarda :

– Où est ton maître ?

– Il est mort, répondis-je abruptement.

La gorge serrée par l'émotion, je précisai :

– Non, c'est pire que ça. Ils l'ont décapité, mais il parle encore. Ils ont usé de je ne sais quelle terrible magie, et son âme est emprisonnée dans sa tête. Ses souffrances sont atroces. Je dois le délivrer, lui rendre la paix à tout prix. Et tout ça à cause de toi! Pourquoi ne pas nous avoir avertis? Pourquoi nous avoir conduits dans ce piège? Tu prétendais bien connaître Dame Fresque. Tu n'ignorais pas qu'elle était un démon!

Il se contenta de me fixer sans dire un mot.

– Tu avais soi-disant un travail à terminer avec un prétendu gobelin. Un beau prétexte pour nous laisser entrer seuls dans cette maison! Tu savais ce qui nous y attendait, hein?

– Oui, je le savais. C'est une longue histoire... Je ne voulais pas le faire, crois-moi! Mais je n'avais pas le choix. Je suis désolé.

– Désolé! fulminai-je. Facile à dire!

Il me dévisagea longuement avant de détourner le regard. Puis il me tendit la main:

– Aide-moi à me relever.

Une fois debout, il faillit perdre l'équilibre. Je ne fis pas un geste pour le retenir. À cet instant, il aurait pu retomber face contre terre et se briser les dents, ça m'était bien égal.

– Il faut que je mange. Je n'ai plus de forces. Il m'a pris tant de sang..., marmonna-t-il.

Pouvais-je lui faire confiance? Il n'était certainement plus sous l'emprise des démons. C'était une chance à courir.

– J'ai des chambres à l'auberge, là-bas, dis-je. Et assez d'argent pour t'offrir un petit déjeuner.

Judd hocha la tête :

– Je t'en serai reconnaissant. Mais marche lentement. Je me sens aussi faible qu'un chiot nouveau-né.

Il n'y avait que peu de passants, à cette heure matinale, et je le conduisis à l'auberge par des rues presque vides. Je dus frapper à la porte avec insistance avant que l'aubergiste daigne ouvrir.

Il me toisa d'un air maussade comme pour m'intimider :

– Je suis surpris de te revoir, petit ! Tu dois avoir plus de vies qu'un chat !

– M. Brinscall, que voici, prendra la chambre de mon maître, déclarai-je dès que nous fûmes entrés. Et servez-nous un copieux petit déjeuner...

– Oui, avec d'épaisses tranches de jambon, des œufs, des saucisses, du pain et du beurre. Oh ! Et un grand pot de thé avec du sucre, intervint Judd.

– Montrez-moi d'abord la couleur de votre argent, aboya l'aubergiste, remarquant le triste état de son manteau.

– Je paierai la note, dis-je.

– En ce cas, paie-moi avant de repasser le pont, siffla-t-il.

Et il se retira pour préparer notre repas.

– Nous avons beaucoup de choses à nous dire, Tom, beaucoup à expliquer. Mais je suis exténué. Si nous déjeunions ? Nous parlerons après, suggéra Judd.

J'opinai. Je supportais à peine de le regarder. Quand nous fûmes servis, nous mangeâmes en silence. Judd mit deux grosses cuillerées de sucre dans son thé, le but lentement et sourit :

– J'ai toujours été un bec sucré. Mais aujourd'hui, Tom, j'avais grand besoin de ça !

Je ne lui rendis pas son sourire. L'entendre prononcer mon nom me déplaisait. Le sucre ne fut pas suffisant pour le ragaillardir : bientôt, sa tête retomba sur la table. Je lui tapai sur l'épaule et lui conseillai de monter dormir un moment.

Je mis le temps de son absence à profit pour tenter de contacter Alice grâce au petit miroir de ma chambre. Au bout d'une heure, je n'avais toujours pas réussi, je décidai de recommencer plus tard. Après avoir pris mon cahier dans mon sac, je quittai l'auberge, retraversai le pont et remontai sur la colline.

Je me sentais en relative sécurité, au soleil. Aussi, arrivé là-bas, je dessinai un plan approximatif, situant les emplacements des grandes demeures cachées dans les arbres, sur la rive est du fleuve. Je marquai d'une croix celles d'où les sphères lumineuses, me semblait-il, s'étaient élevées. Pour quatre d'entre elles, j'étais sûr de moi. J'avais un doute concernant les cinq autres. J'essayai également de définir l'endroit où j'avais vu l'étrange colonne de lumière rouge. Quelle que soit sa nature, elle avait certainement un rapport avec les sorcières désincarnées.

De retour dans ma chambre, je tentai à nouveau d'entrer en contact avec Alice, sans succès. Qu'est-ce qui n'allait pas ? Habituellement, elle répondait plus vite que ça.

Je m'allongeai sur mon lit, revoyant les derniers évènements dans un demi-sommeil. Il était midi quand Judd toqua à ma porte. Nous quittâmes l'auberge pour gagner la rive du fleuve. Ce que nous avions à nous dire n'était pas pour les oreilles de l'aubergiste ni de qui que ce soit.

Nous nous assîmes sous les arbres, regardant couler l'eau, et j'attendis qu'il brise le silence.

— Tout d'abord, je te remercie de m'avoir sauvé la vie, Tom, déclara-t-il. Sans toi, cette nuit, je serais mort. Au début, ils ne me prenaient qu'un peu de sang une nuit sur sept. Mon corps arrivait à le supporter. Mais c'était la troisième fois en trois nuits.

— Tu veux dire qu'ils te tenaient déjà enfermé dans cette fosse *avant* de t'envoyer à Chipenden ?

— Ils m'ont laissé en sortir pour que je vous amène ici, John Gregory et toi.

– Depuis combien de temps étais-tu prisonnier ?

– Environ deux mois, à quelques jours près. C'est étrange, n'est-ce pas ? Nous, les épouvanteurs, enfermons les sorcières dans des fosses semblables. Je n'aurais jamais pensé subir un jour le même sort.

– Comment as-tu survécu ? Que mangeais-tu ?

– Par chance, l'hiver était fini, sinon je serais mort de froid. Mais ils me nourrissaient. Ils devaient me garder vivant s'ils voulaient tirer de moi le sang dont ils avaient besoin. Pour toute pitance, ils me jetaient de la viande crue, du mouton, le plus souvent des abats.

Remarquant ma grimace de dégoût à l'idée de mordre dans des abats crus, il reprit :

– Qu'aurais-tu fait à ma place ? C'était ça ou mourir. Sans aliments, je n'aurais pas survécu plus d'une ou deux semaines.

J'approuvai de la tête :

– J'aurais fait pareil. L'instinct de survie est toujours le plus fort.

J'avais moi-même bien des raisons de culpabiliser. Au cours de mes trois ans d'apprentissage, j'avais pris des libertés avec les règles morales que mes parents m'avaient inculquées. Je n'avais pas été loyal envers mon maître, car j'avais usé de magie noire pour tenir le Malin à distance.

– Oui, c'est par une longue route tortueuse qu'on est conduit à de telles situations, soupira Judd avec amertume. Comme je te l'ai dit, mes voyages m'ont mené jusqu'en Roumanie, où j'ai appris ce qu'il fallait savoir sur les créatures de l'obscur spécifiques à la Transylvanie. Mal m'en a pris ! Ils travaillent ensemble : élémentaux, démons et sorcières font tout ce qu'ils peuvent pour détruire les épouvanteurs, attendant patiemment le meilleur moment de les blesser ou de les tuer. Je suis vite devenu leur cible. J'étais une proie facile, vois-tu : j'étais tombé amoureux. Dans le Comté, les épouvanteurs ne se marient pas. Les coutumes sont différentes en Roumanie. J'ai demandé la main d'une jeune fille, et elle m'a été accordée. Mais la noce ne s'est pas faite. Une strigoïca s'est emparée d'elle – ces créatures préfèrent les hôtes vivants –, elle a pris possession du corps de Cosmina Fresque.

– Dame Fresque est la jeune fille que tu aimes ? Et elle est possédée par un démon ? m'écriai-je.

Elle était si jolie ! Je comprenais les sentiments de Judd pour elle.

– Peut-on faire quelque chose ? ajoutai-je. La débarrasser de la strigoïca ?

– Si seulement ! Hélas ! ce type de possession est irréversible. L'âme de la victime lui est enlevée et ne peut lui être rendue.

Judd secoua tristement la tête :

– Considère-la comme morte. Elle est partie dans les Limbes. J'espère seulement qu'elle trouvera son chemin vers la lumière. Depuis que je l'ai perdue, j'ai eu tout le temps de réfléchir à ma sottise et à la façon dont je me suis laissé duper. Et j'ai appris à vivre avec mon chagrin.

– Et, finalement, tu es revenu dans le Comté ?

– D'abord, dévasté par le désespoir, j'ai erré pendant presque un an tel un fou, incapable d'assumer mes tâches d'épouvanteur. Ils auraient pu me tuer, alors – et ils l'auraient fait sans la protection du maître roumain qui m'avait formé. Où que j'aille, il me suivait pour me défendre contre les serviteurs de l'obscur qui en voulaient à ma vie. Quand j'ai enfin retrouvé la raison, je ne songeais plus qu'à la vengeance. Je voulais détruire cette strigoïca ou au moins la chasser du corps de ma Cosmina bien-aimée. Je l'ai traquée longtemps en vain, jusqu'à ce que j'apprenne qu'elle était partie à l'étranger avec son compagnon strigoï. Je les ai suivis. Mais une sorcière les avait mis en garde, et ils m'attendaient. J'ai foncé droit dans leur piège comme un imbécile, et j'ai fini au fond d'une fosse, à servir de nourriture à ces démons.

– Et tu as passé un marché avec eux ? Ils te promettaient la liberté ; en échange, tu nous attirais ici, l'Épouvanteur et moi ? devinai-je.

— Pire que ça. Je suis à moitié roumain, et j'ai de la famille là-bas, du côté de ma mère. Si je ne me pliais pas à leurs exigences, ils menaçaient de les saigner à mort, toutes et tous. Bien sûr, ils n'avaient nullement l'intention de me laisser partir. Après vous avoir quittés, je me suis enfui vers le nord, tâchant de mettre le plus de distance possible entre cet endroit maudit et moi. La nuit n'était pas tombée depuis une heure qu'ils m'avaient rattrapé et renvoyé dans la fosse. J'espère seulement que ma famille va bien.

Comprenant à quelle pression il avait été soumis, je compatissais sans être convaincu pour autant. J'avais subi moi aussi les menaces de l'obscur à plusieurs reprises. Mais l'Épouvanteur m'avait inculqué un solide sens du devoir, et j'avais résisté. Comment pouvais-je oublier que, par sa trahison, Judd Brinscall avait causé la mort de mon maître ?

Un silence inconfortable s'installa ; il me fallut un long moment pour le briser.

— Pourquoi tant d'entités roumaines se sont-elles installées à Todmorden ? demandai-je enfin.

— Elles sont venues ici en quête d'espace et de proies fraîches. Ces démons sont désormais si nombreux en Roumanie que tout le pays, en particulier la province de Transylvanie, est sous leur contrôle. Voilà des années qu'ils se développaient le long de la frontière du Comté, mais en prenant garde de ne pas attirer l'attention. À présent qu'ils se sont multipliés, ils ne se contenteront plus du sang de quelques victimes confinées dans des fosses. Ils vont se répandre vers l'ouest, envahir le Comté et y chasser à leur gré.

15

Le dieu vampire

Si mon maître avait payé de sa vie notre passage à Todmorden, il n'était pas mort en vain. Conscient de la menace qui pesait sur le Comté, je pouvais désormais y faire face. Mais, d'abord, je devais récupérer la tête de l'Épouvanteur et la brûler pour libérer son âme. Grâce à sa connaissance des entités roumaines, Judd allait peut-être m'y aider.

– Comment vient-on à bout d'une strigoïca ? m'enquis-je. J'ai abattu deux strigoï, mais ils ne sont pas détruits pour autant. Dame Fresque m'a dit que le premier trouverait bientôt un nouvel hôte et reviendrait me traquer.

– Deux ? Tu en as tué deux ? Qui était le premier ?

– Le compagnon de votre ennemie.

– Bien joué, Tom ! s'exclama Judd avec un sourire sinistre. Cosmina est déjà à demi vengée. Il existe plusieurs manières de vaincre strigoï et strigoïca, mais aucune n'est définitive. Les décapiter ou leur crever l'œil gauche ne réussit qu'à les chasser du corps qu'ils occupent. L'ail et les roses les repoussent, et, bien que le sel ne leur cause guère de dommages, un fossé empli d'eau salée les tient à l'écart.

– Comme les sorcières d'eau..., fis-je remarquer.

– C'est exact. J'imagine que tu as passé six mois éprouvants sous la tutelle de Bill Arkwright. Moi, au bout de trois, j'étais de retour à Chipenden !

J'acquiesçai avant d'ajouter tristement :

– Bill a trouvé la mort en Grèce, tandis qu'il combattait l'obscur.

– Ah ! Je ne l'aimais pas beaucoup, mais je suis désolé d'apprendre sa disparition. Le nord du Comté va être plus dangereux que jamais, à présent. Que sont devenus Griffe et Croc ? C'étaient de bons chiens, même si Croc – le bien nommé – ne m'appréciait guère ! Il m'a mordu au mollet, une nuit ; j'en porte toujours la cicatrice.

– Croc a été tué par une sorcière d'eau. Mais Griffe a eu deux petits, Sang et Os. On les a confiés tous les trois au forgeron de Chipenden.

– Dommage ! regretta Judd. Ils nous seraient utiles ici. Mais, pour en revenir à ta question, le seul moyen de détruire définitivement une strigoïca qui a pris possession d'une personne est de la brûler quand elle est encore dans ce corps.

– Autrement dit, la brûler vive ?

– Oui. Un strigoï qui s'est emparé d'un mort doit être exposé au soleil. Je veux tout faire pour me racheter. Nous allons maintenant travailler ensemble ; je peux t'enseigner beaucoup de choses sur ces créatures. Tout d'abord, tu n'as rien à craindre des démons que tu as tués. Dès qu'ils sont chassés d'un corps, leur mémoire se désintègre. S'ils en trouvent un nouveau, ils commenceront une nouvelle existence, oubliant Todmorden et leur précédente compagne. Cosmina a cherché à t'effrayer, Tom, c'est tout.

– J'ai vu ton ouvrage sur les moroï, dans la bibliothèque, dis-je.

– Je l'ai rédigé en des temps plus heureux. Les démons me l'ont pris pour rendre la collection de livres plus convaincante. Les lieux habités par un strigoï et une strigoïca sont des illusions, créées à partir d'un grimoire. Ce grimoire et mon livre étaient probablement les seuls objets réels, sur les étagères. Maintenant, explique-moi pourquoi ils vous ont fait venir ici, John Gregory et toi. Ils ne m'en ont rien dit.

Je lui racontai que nous avions entravé – provisoirement – le Malin, et que Grimalkin était chargée de garder sa tête hors de portée des serviteurs de l'obscur.

– Comme nous étions sous ta conduite, nous sommes venus sans méfiance. Ce n'est qu'après le meurtre de mon maître que la strigoïca m'a révélé ce qu'elle voulait, ajoutai-je. On l'a obligée à nous attirer ici. Tu m'as dit que ces entités travaillent ensemble. Eh bien, elles ont un but précis. Elles ont tué l'Épouvanteur et confiné son âme dans sa tête pour me soumettre à leur volonté. Elles attendent de moi que je leur amène Grimalkin ; alors, elles la tueront et reprendront la tête du Malin. Elles peuvent toujours courir ! Je vais retrouver la tête de mon maître et la brûler. Ils l'ont sûrement cachée quelque part. On va fouiller la colline et les repaires de chacun de ces démons !

– Désolé, Tom, ils nous auront repérés avant qu'on ait atteint la première maison. Dans chaque couple, l'un des deux reste en alerte nuit et jour. Ils sentiraient aussitôt notre approche et appelleraient les sorcières à la rescousse. Les sorcières roumaines utilisent la magie animiste. Elles absorbent la force vitale de leurs victimes sans même les toucher. Leurs sphères lumineuses seraient là en un clin d'œil. La seconde d'après, nous serions morts, vidés de nos *animas*. Plus tard, elles les utiliseraient dans des rituels accompagnés d'incantations, pour augmenter leurs pouvoirs.

– Que pouvons-nous faire, alors? demandai-je, agacé.

Il ne m'avait pas appris grand-chose que je ne sache déjà, et je restais déterminé. Je *devais* libérer l'âme de mon maître.

– Pour commencer, il faut nous débarrasser des sorcières en les attrapant une à une, poursuivit Judd. Ça nous donnera une chance. Au contraire des démons femelles, elles dorment le jour et ne sont pas gardées par des sentinelles. C'est le bon moment.

– Sont-elles plus puissantes que les démons?

– Oui, sans aucun doute, les moroï étant les moins redoutables. Tâchons donc de tuer d'abord les sorcières en profitant de leur sommeil.

– J'ai repéré au moins quatre de leurs demeures. Pendant que tu dormais, je suis remonté sur la colline et je les ai indiquées sur ce plan...

Sortant mon croquis de ma poche, je le tendis à Judd.

Il l'examina quelques instants, puis désigna une marque que j'avais faite:

– Et ça?

– C'était une étrange colonne de lumière, d'un rouge sombre. Elle partait du sol, sous les arbres, et s'élevait haut dans le ciel. Je n'avais encore jamais rien vu de semblable. Les sorcières, sous leur forme de sphères, papillonnaient tout autour dans une espèce de danse. Puis elles ont disparu comme des flèches. Peu après, le strigoï est venu boire ton sang, et j'ai couru à ton aide.

Judd fixa le sol un moment sans rien dire. Il paraissait très affecté, et je vis que ses mains tremblaient.

– Ça ne va pas ? demandai-je.

– Tout va de mal en pis. Ce que tu as observé donne à penser que les sorcières tentent de convoquer Siscoï, le plus puissant des Anciens Dieux roumains. Les épouvanteurs, là-bas, ont des moyens efficaces pour lutter contre les sorcières, les élémentaux et les démons. Mais on est totalement dépourvu face au dieu vampire.

Siscoï... Ce nom me rappelait quelque chose. Une fois de plus, je regrettai de ne pas avoir étudié plus attentivement le *Bestiaire* de l'Épouvanteur. Il y faisait référence.

– Convoquer les Anciens Dieux dans notre monde est parfois difficile, objectai-je.

– C'est vrai, et il arrive qu'ils se retournent contre ceux qui les ont appelés. Malheureusement pour nous, Siscoï est différent. Il aime qu'on lui rende un culte et regarde favorablement les fidèles qui lui ouvrent un portail. Les sorcières roumaines peuvent le faire surgir à minuit. La bonne nouvelle, c'est qu'il doit se retirer à l'aube. La mauvaise, c'est que, même depuis l'obscur, il est capable d'envoyer son esprit réanimer les morts ou posséder les vivants. Tu crois combattre un strigoï, et tu t'aperçois trop tard que la lame d'argent, au bout de ton bâton, n'a aucun effet sur ton adversaire, parce que c'est Siscoï. Et c'en est fini de toi.

— Et ça ? dis-je en tirant la Lame du Destin.

Judd siffla entre ses dents, et son visage s'illumina.

— Je peux la regarder ?

Je lui prêtai l'épée.

— Alors, c'est avec ça que tu as tué les deux strigoï ? fit-il en examinant le pommeau. Le skelt est habilement sculpté, et ces yeux de rubis sont sans prix. Comment es-tu entré en possession d'une telle arme ?

— Elle m'a été offerte par Cuchulain, l'un des anciens héros d'Irlande. Elle a été forgée par Héphaïstos. Il n'en a fabriqué que trois, et celle-ci est supposée être la meilleure.

— Eh bien, Tom, tu as fait des rencontres exceptionnelles ! Forgée par un des Anciens Dieux, dis-tu ? Quels sont ses pouvoirs ?

— Je l'ai utilisée contre la Morrigan. L'épée ne l'a pas détruite, mais l'a suffisamment ralentie pour me donner une chance de m'échapper.

– Tu as combattu la Morrigan ?

– Oui, dans les Collines Creuses, après que Cuchulain m'a remis l'épée.

– Ton apprentissage a été mouvementé, à ce que je vois. Moi, je n'avais jamais mis les pieds hors du Comté. C'est ce qui m'a poussé à voyager, et voilà le résultat ! soupira Judd en me rendant l'épée. Mais, même si cette arme pouvait blesser Siscoï, tu ne réussiras pas à l'approcher. Les entités vampires sont d'une extrême rapidité, et ce n'est rien en comparaison de la sienne. Tu serais mort avant d'avoir vu le coup arriver.

Le don que j'avais de ralentir le temps me permettrait peut-être d'atteindre Siscoï ; ça ne signifiait pas pour autant que je l'anéantirais. Les Anciens Dieux jouissaient de grandes capacités de régénération. Toutefois, je préférais ne pas trop en dire à Judd. Je ne lui parlai pas non plus du Tranche Os. Si les démons s'emparaient à nouveau de lui, il pourrait révéler ce qu'il savait sur moi.

Au lieu de ça, je le questionnai :

– Alors, cette colonne de lumière, qu'est-ce que c'était ? Comment les sorcières convoquent-elles Siscoï ?

– Elles créent un *puits sanglant*, expliqua Judd. Elles cherchent d'abord une profonde fissure dans le sol, en un lieu où la magie noire est particulièrement agissante. Pendant plusieurs semaines, elles y versent du sang et de la viande crue, de préférence des tranches de foie. Cela, combiné avec de noirs sortilèges, génère dans le puits un pouvoir formidable. Le faisceau lumineux n'en représente qu'une fraction. Siscoï s'incarne peu à peu en se nourrissant du sang et du foie. Quand il est prêt, les sorcières viennent à minuit achever le rituel. Siscoï sort alors du puits dans un corps de chair. D'après ce que tu m'as décrit, il semble que le processus soit presque terminé. Il va bientôt émerger ; cette nuit même, si ça se trouve.

– Mais pourquoi l'appeler maintenant ?

– Les sorcières veulent à tout prix récupérer la tête du Malin. Elles ont tenté de t'utiliser, et tu leur as échappé. Siscoï, quand il est incarné, couvre de grandes distances en un rien de temps. Il rattrapera lui-même Grimalkin. Tu seras le suivant.

16

Le puits sanglant

— Eh bien, décidai-je, trouvons le moyen d'arrêter Siscoï!

Judd m'adressa un sourire sans joie :

— Rien ne me plairait davantage. À cette époque de l'année, il ne s'écoule qu'un peu plus de quatre heures entre minuit et l'aube. Ça lui laisserait tout de même le loisir de faire beaucoup de dégâts. Mais toute la formation que j'ai suivie en Roumanie ne m'a pas fourni le moindre indice sur la façon de l'en empêcher. D'ailleurs, même si nous la connaissions, les sorcières nous tomberaient dessus aussitôt.

— Sauf si nous agissons en plein jour, pendant qu'elles dorment. Seraient-elles capables de projeter leurs esprits hors de leur corps à la lumière du soleil ?

— Pas à ma connaissance. Tu suggères d'attaquer Siscoï pendant qu'il s'incarne dans le puits ? Qu'as-tu en tête, Tom ?

— Je pense aux plus vieux expédients des épouvanteurs : le sel et la limaille de fer.

Judd secoua la tête :

— On perdrait probablement notre temps. Le sel et le fer n'ont aucune efficacité contre les sorcières roumaines, pas plus que sur les élémentaux et les démons.

— Ni contre les Anciens Dieux, je sais. Mais ce n'est valable que lorsqu'ils sont pleinement éveillés et prêts à te déchiqueter. Siscoï est en train de prendre chair en absorbant le sang et la viande crue déposés dans le puits. Je suis sûr que ce corps à demi formé est vulnérable ; le sel le brûlerait et le fer lui ôterait ses forces. On ne l'arrêterait pas, mais on le ralentirait, et on aurait une chance de retrouver la tête de mon maître. Ça vaut la peine d'essayer, non ? Tentons le coup tout de suite, tant que le soleil est encore haut ! On jette du sel et de la limaille dans le puits, et on va régler leur compte aux sorcières endormies, l'une après l'autre.

— Tu oublies une difficulté, Tom, objecta Judd. Même si les sphères lumineuses ne sont pas à craindre, les strigoïca veillent sur leurs alliées. Et elles sont aussi rapides et redoutables que les strigoï !

— Je suis rapide, moi aussi. Et j'ai l'épée.

Judd fronça les sourcils :

— Si tu veux que je t'aide, il me faut une arme.

Sous mon manteau, Tranche Os était pendu à ma ceinture. Je n'y fis pas allusion : c'était l'un des trois objets sacrés, je ne voulais pas m'en séparer. Et, à en juger par l'accueil des gens de Todmorden, je doutais qu'on y trouve un forgeron prêt à collaborer.

Vérifiant d'un coup d'œil la hauteur du soleil, je proposai :

— Tu te rappelles ce village qu'on a traversé en venant ? J'y ai vu une forge et une épicerie. C'est à moins d'une heure de marche. On pourra acheter des sacs de sel — il en faudra davantage que ce que peuvent contenir nos poches — et de la limaille de fer chez le forgeron. Il aura peut-être même une arme à te vendre.

Judd sauta sur ses pieds :

— Bonne idée ! Allons-y !

Nous nous hâtâmes dans les rues vides de Todmorden. Je me demandai pourquoi la ville était aussi silencieuse. Des rideaux s'écartaient à notre passage, mais personne ne se montrait.

Après avoir grimpé sur la colline, à l'ouest, nous arrivâmes à la forge trois quarts d'heure plus tard.

Nous y trouvâmes sans problème un grand sac de limaille de fer, mais acquérir une arme se révéla plus difficile. Les tâches habituelles du forgeron consistaient à ferrer les chevaux, réparer les charrues et fabriquer des ustensiles ménagers. Il n'avait jamais forgé une lame de sa vie. Il possédait toutefois une collection de haches que les fermiers utilisaient pour débarrasser leurs terres des broussailles envahissantes. Ce n'étaient pas des armes de guerre à deux tranchants, et elles n'étaient pas faites d'un alliage d'argent; mais, maniées correctement, elles pouvaient causer des dommages certains.

Judd en essaya plusieurs. Bien sûr, il ne discuta pas de l'usage qu'il voulait en faire avec le forgeron, mais il en choisit une légère, bien affûtée et facile à manier.

Nous nous rendîmes ensuite à l'épicerie et y achetâmes la presque totalité de ses réserves de sel. Après quoi, chargés de nos deux sacs, et Judd portant la hache sur l'épaule, nous retournâmes à Todmorden. Comme nous traversions la rivière, je sentis le pont branler sous nos pieds. Il me parut en plus mauvais état que jamais. Je souhaitai ne plus avoir à le franchir trop souvent.

Le soleil brillait dans un ciel clair; il nous restait environ cinq heures de jour. Nous avions amplement le temps de nous occuper de Siscoï et de tuer autant de sorcières que possible, du moins je tâchai de m'en convaincre.

Ce que nous allions tenter était des plus risqués. Nos ennemis collaboraient et, si l'un attaquait, tous attaqueraient. Qu'ils se rassemblent rapidement, et nous serions vite submergés par le nombre. J'évitai de ressasser ces pensées inquiétantes, motivé avant tout par mon devoir envers le Comté et l'espoir de libérer l'esprit de mon maître.

Ayant escaladé le flanc est de la colline, nous nous dissimulâmes de nouveau dans les taillis.

— Regarde, dis-je à Judd. C'est là, au milieu des arbres, que s'est élevée la colonne de lumière.

— Où sont les demeures des sorcières ? s'enquit-il.

Je sortis mon plan et désignai les quatre maisons que j'avais repérées.

— Tu es certain que ce sont les bonnes ?

— J'ai vu les sphères en sortir. Il y en a sans doute d'autres ; je n'ai marqué que celles dont j'étais sûr.

— Quand on aura fait bon usage de ceci, reprit Judd en désignant les deux gros sacs, on s'occupera de ces quatre sorcières. Puis on se dépêchera de repasser le fleuve en espérant survivre à la prochaine nuit.

J'acquiesçai, et nous nous dirigeâmes vers le bosquet qui entourait le puits sanglant. À peine étions-nous sous les arbres que le froid me saisit : une créature de l'obscur approchait.

Judd me lança un coup d'œil:

– Je l'ai senti moi aussi. Mais est-ce Siscoï en train de s'incarner ou un gardien quelconque, posté là pour chasser les intrus?

– On ne va pas tarder à le savoir.

Ça ne tarda pas, en effet! L'attaque fut si soudaine que j'eus à peine le temps de laisser tomber mon sac pour poser la main sur le pommeau de mon épée. Un ours énorme fonçait sur nous, les babines retroussées. Il se dressa sur ses pattes arrière, tout en muscles, les yeux furieux, les griffes écartées. Je n'avais pas encore tiré l'épée du fourreau que Judd me poussait sur le côté en balançant sa hache.

Elle décrivit un rapide arc de cercle et s'enfonça dans l'épaule de l'ours avec un bruit répugnant. L'animal rugit de douleur et de colère. Quand le deuxième coup de hache l'atteignit au cou, il émit un cri aigu qui aurait pu sortir d'une gorge humaine. Judd le frappa encore à trois reprises avant qu'il ne s'écroule sur le côté comme un chêne abattu par un bûcheron.

Judd recula d'un pas.

– Tu es rapide, dis-tu? fit-il en regardant mon épée à demi sortie avec un sourire. Tu devras faire mieux que ça quand la première strigoïca se jettera sur toi!

– Ne t'inquiète pas, dis-je en renfonçant l'arme dans son fourreau. C'était un moroï, hein ? Je l'avais déjà vu, il gardait la maison de Dame Fresque.

– C'était peut-être le même, bien qu'il y en ait sûrement d'autres. D'habitude, ils n'apparaissent pas en plein jour. Une magie puissante a été mise en œuvre pour l'amener ici. Au fait, je me souviens d'un moyen tout bête de vaincre un moroï : ces créatures ont un comportement obsessionnel. Si on leur jette des graines, des baies, des brindilles ou même des brins d'herbe, ils se remettent aussitôt à quatre pattes et les comptent jusqu'au dernier. Après quoi, ils recommencent pour s'assurer que le résultat est bien le même. Ils passent ainsi des heures à compter et recompter. On a alors tout le temps de s'échapper ou de leur porter un coup fatal.

Voilà qui était fort intéressant ! Mon ressentiment envers Judd ne devait pas m'empêcher de profiter de son savoir. D'ailleurs, il me semblait bien avoir lu quelque chose de ce genre dans le *Bestiaire* de l'Épouvanteur.

Nous progressâmes avec précaution, cherchant l'ouverture du puits. Notre nez la repéra avant nos yeux : une puanteur de viande avariée et l'odeur métallique du sang nous sautèrent aux narines. Au pied d'un grand chêne, il y avait une large dalle de pierre, de forme irrégulière. Les bords du trou ovale qui s'ouvrait en son centre étaient encore poisseux de sang. Nous nous avançâmes pour plonger le regard dans cette cavité ténébreuse. Un frisson d'effroi me parcourut, et je dus respirer profondément pour me calmer. Il y avait de quoi avoir peur ! Si on ne trouvait pas le moyen de l'arrêter, l'Ancien Dieu Siscoï bondirait bientôt hors de cette fosse !

– Je ne vois rien, soufflai-je.

– Crois-moi, Tom, chuchota Judd, ni toi ni moi ne désirons voir ce qui est en train de se matérialiser là-dedans ! Mais écoute attentivement, tu l'entendras.

Je tendis l'oreille. Des profondeurs montaient des bruits à peine audibles. Je retins mon souffle pour mieux les percevoir, et je souhaitai aussitôt ne pas l'avoir fait ! Au-dessous de nous, dissimulé dans les ténèbres, quelque chose respirait à un rythme ample et lent, quelque chose d'énorme...

– Il est bien là, commenta Judd. Mais ne t'inquiète pas. Siscoï ne sortira pas de son trou tant qu'il ne se sera pas revêtu de chair. Il n'y parviendra qu'à minuit, avec l'aide des sorcières, grâce à leur rituel et à leurs incantations.

– À combien de sorcières devrons-nous régler leur compte pour empêcher ça ?

– C'est difficile à dire. Trois d'entre elles suffiraient pour célébrer le rituel. Toutefois, une chose est sûre : moins elles seront, mieux ça vaudra !

Sans débattre plus longtemps, nous renversâmes le contenu de nos sacs sur la dalle pour mélanger rapidement sel et limaille de fer.

– Prêt ? demanda Judd.

Je fis signe que oui.

– Eh bien, voyons si ton hypothèse se vérifie ! À trois, on y va ! Un, deux, *trois* !

Nous poussâmes à deux mains le sel et le fer en pluie dans le trou. D'abord, rien ne se passa. Puis un cri horrible monta des tréfonds, suivi de râles d'agonie.

Judd m'adressa un large sourire :

– Bien joué, Tom ! Rien de tel que les bonnes vieilles méthodes ! À présent, occupons-nous de la première sorcière !

Sautant sur ses pieds, il ajouta :

– Avant cela, je dois t'en dire un peu plus sur ces créatures. L'un de leurs buts, quand elles s'emparent de l'énergie vitale des humains, est d'accumuler des richesses. Elles aiment habiter de vastes demeures et vivre en souveraines parmi les habitants du coin.

– C'est pourquoi les gens d'ici crèvent de peur.

– Exactement ! Toute la ville est terrifiée.

Une question me vint alors à l'esprit :

– Les sorcières utilisent la magie animiste pour prendre leur forme de sphère. Mais quand leur esprit retourne dans leur corps ? Leurs pouvoirs sont-ils semblables à ceux des sorcières de Pendle ou à ceux des lamias ?

— Comme la plupart de leurs congénères, elles scrutent l'avenir pour mieux détruire leurs ennemis. L'invocation de Siscoï, leur dieu vampire, est la cerise sur le gâteau : il les rend particulièrement redoutables. Elles ont en commun avec les lamias le don de changer d'apparence. Mais alors qu'il faut des semaines et même des mois aux lamias pour passer de la forme domestique à la forme sauvage, les sorcières roumaines y réussissent en un clin d'œil. Tu crois être en face d'une femme joliment parée ; la seconde d'après, vêtue de loques, elle a des griffes et des crocs. S'il est exact qu'elles n'utilisent ni la magie du sang ni celle des ossements, ça ne les empêche pas de se nourrir de chair. Beaucoup de leurs victimes tombent avant même d'avoir compris le danger. En quelques instants, elles sont déchiquetées.

Je tâchais d'enregistrer ces nouveaux éléments quand Judd suggéra :

— Maintenant, si on s'occupait de la première ?

Sortant de l'ombre des arbres, nous traversâmes une prairie ensoleillée pour gagner l'une des maisons d'où j'avais vu une sphère s'élever. À part une buse qui planait vers l'ouest, rien ne bougeait sur la colline. Seule la rumeur lointaine de la ville nous parvenait depuis l'autre rive du fleuve.

Chaque grande maison était entourée d'épais bosquets, et, à mesure que nous approchions, la lumière du soleil disparaissait derrière le feuillage. Posant un doigt sur ses lèvres, Judd me souffla à l'oreille :

– On ne sera pas trompés par des illusions – la demeure d'une sorcière ne change pas de forme –, mais il peut y avoir des pièges. Dès qu'on entrera, l'occupante des lieux se réveillera. Aussi, inutile d'être discrets ! On fonce ! Je passe devant, et tu couvres mes arrières. D'accord ?

– C'est toi l'expert, concédai-je à voix basse.

Je m'efforçais d'être pragmatique et de lui faire confiance. Il fallait bien qu'on travaille ensemble.

La maison était grande, il y aurait beaucoup de pièces à inspecter. Judd ne perdit pas de temps. Il alla droit à la porte et l'ouvrit d'un coup de pied. Je le suivis, l'épée à la main. Trois autres portes nous faisaient face dans le hall. Judd choisit celle du milieu. Bien qu'elle ne soit pas fermée à clé, il se servit encore de sa botte gauche et bondit dans la pièce. C'était un vaste salon, que j'examinai avec surprise. Les sorcières du Comté vivent habituellement dans des taudis, au milieu de la vaisselle sale, des toiles d'araignée et des ossements – parfois humains – entassés dans les coins. Or, cette pièce entretenue avec soin était richement meublée. Des tableaux représentaient d'étranges paysages, peut-être roumains. Sur l'un d'eux on voyait un château au sommet d'une colline entourée de forêts. Deux fauteuils confortables et un canapé étaient disposés près de l'âtre, où des braises rougeoyaient. Trois chandeliers décoraient le dessus de la cheminée ; les bougies faites d'excellente cire d'abeille n'avaient rien de commun avec les chandelles noires des sorcières de Pendle, qui les fabriquaient en mélangeant le sang de leurs victimes à de la graisse d'animal.

Néanmoins, les habitants de cette maison étaient des créatures de l'obscur ; le froid familier qui me courut dans le dos me le confirma.

Il y avait une porte, au fond de la pièce. Judd l'ouvrit également d'un coup de pied. Malgré la demi-obscurité, j'aperçus par-dessus son épaule un grand lit recouvert d'un édredon de soie pourpre. Quelqu'un y dormait. Judd leva sa hache, prêt à frapper vite et fort.

Je sentis soudain que quelque chose n'allait pas.

La sorcière n'était pas dans le lit ; elle était *dessous*.

En une seconde, elle fut sur nous, toutes griffes dehors.

17
Le pacte

Les griffes acérées n'étaient qu'à un pouce de la jambe de Judd quand je transperçai la créature de mon épée, la clouant au plancher, face contre terre.

La sorcière se débattit désespérément, avec des grognements rauques, crachant le sang et secouant sa chevelure emmêlée. Ses mains s'ouvraient et se fermaient, et elle tordit le cou pour me regarder, de la malédiction plein les yeux.

J'avais affronté les hideuses sorcières d'eau et frémi devant les plus laides biques de Pendle, mais celle-ci était encore plus laide. Des verrues poilues constellaient sa peau grasse telle une poussée de champignons, et de longues canines noires lui retroussaient la lèvre supérieure. Elle réussit à agripper la lame derrière son dos, se coupant les doigts jusqu'à l'os pour tâcher de l'extirper de son corps. Puis ses grondements se muèrent en gargouillis, un flot de sang jaillit de sa bouche et se répandit sur le plancher. J'enfonçai l'épée encore plus solidement dans le bois. Judd mit un terme à son agonie : il lui coupa la tête d'un coup de hache.

— Bravo ! me lança-t-il. Cette fois, tu as été rapide. On a failli se laisser prendre à la plus vieille des ruses !

Tirant l'édredon, il découvrit deux oreillers habilement arrangés pour suggérer les contours d'un corps :

— Elle devait être réveillée avant même que j'aie enfoncé la première porte.

Je libérai ma lame et l'essuyai sur la soie rouge avant de la remettre au fourreau. J'avais utilisé mon épée et Judd sa hache, et je me fis la réflexion que deux épouvanteurs combattant sans bâton était des plus inhabituels. Comme quoi tout est affaire de circonstances.

— Il ne faudrait pas qu'elle revienne de la mort, dis-je. Les méthodes habituelles fonctionnent-elles avec les sorcières roumaines ?

Judd hocha la tête :

— Leur manger le cœur est inefficace, mais les brûler, ça marche. Toutefois elles ne seront pas capables de réanimer leur corps avant un bon mois.

Si on les tue toutes, on aura largement le temps de les brûler dans leurs antres.

Soudain, l'obscurité envahit la pièce. Judd alla à la fenêtre pour repousser le rideau. Des nuages chargés de pluie se rassemblaient, plus noirs à chaque seconde.

Nous courûmes jusqu'au seuil de la maison. Une lumière bleutée illumina brièvement les nuées, un sourd grondement lui répondit quelques secondes plus tard.

– Cet orage n'est pas d'origine naturelle, commenta Judd. Les sorcières se sont réveillées. En réunissant leurs pouvoirs, ces créatures roumaines sont capables de déchaîner la tempête. Elles savent que nous avons tué l'une d'elles.

Il avait à peine fini de parler qu'un éclair fourchu déchirait le ciel ; cette fois, le coup de tonnerre fut assourdissant. Dans le silence irréel qui suivit, des sons s'élevèrent : craquements de branches, froissements de hautes herbes. Des êtres invisibles progressaient entre les arbres, venant de toutes les directions.

– Cours, Tom ! s'écria Judd.

Il dévalait déjà la pente en direction de la rivière. Je m'élançai sur ses talons sans me poser de questions. Je sentais nos ennemies se rapprocher de tous côtés. Ma plus grande crainte était que les sorcières se lancent à notre poursuite sous forme de sphères. Bien que la nuit ne soit pas encore tombée, l'obscurité était peut-être suffisante pour le leur permettre.

Bientôt, nous courions sur le pavé des ruelles, que la pluie qui commençait à tomber rendait glissant. D'autres bruits nous parvenaient depuis la rivière. Quand elle fut en vue, nous découvrîmes une dizaine d'hommes armés de haches qui attaquaient les piles du pont, sur la rive opposée.

– Arrêtez ça! hurla Judd. Arrêtez tout de suite!

Les hommes poursuivirent leur tâche sans même lever le nez. Nous accélérâmes. Mais nous n'avions pas atteint la berge que le pont craquait et s'écroulait dans un jaillissement d'eau. Pendant quelques instants, des planches demeurèrent en suspens. Puis la structure pourrie céda, et le courant emporta ses débris.

Les hommes, de l'autre côté, agitèrent leurs haches d'un air menaçant :

– Restez où vous êtes! Vous nous mettez tous en danger. On ne veut pas de vous ici.

Pourquoi avaient-ils attendu ce moment pour détruire le pont? Pour nous piéger sur cette rive, à la merci des sorcières et des démons? Espéraient-ils ainsi les apaiser?

Judd me parla à l'oreille :

– Ils vont finir par s'en aller, il nous suffit de patienter. Inutile de prendre un mauvais coup. Ils ont peur, c'est tout.

Il avait raison. Si nous traversions le fleuve, ces types paraissaient assez désespérés pour se battre. Nous nous assîmes donc sur une souche, perdus dans nos pensées, tandis qu'ils nous surveillaient depuis l'autre rive.

Pour l'instant, nous nous en étions tirés, mais je me sentais abattu. Je n'avais pas libéré mon maître, et nous avions attiré sur nous l'attention des sorcières. La prochaine fois, elles ne nous rateraient pas.

L'hypothèse de Judd se confirma. Les hommes nous lancèrent quelques dernières injures avant de repartir vers la ville. Nous patientâmes. Puis nous descendîmes le long de la berge boueuse pour trouver un gué où traverser. Après quoi, crottés jusqu'aux cuisses, nous prîmes le chemin de l'auberge, prêts à parer à toute attaque. Mais nous avions peu de chances que les habitants se montrent.

– Tâche de dormir un peu avant le souper, Tom, me recommanda Judd. La nuit venue, tout peut arriver. On ne sera peut-être même pas en sécurité sur cette rive.

Je ne réussis qu'à sommeiller par intermittence. Je ressassais indéfiniment les évènements de ces derniers jours. Je ne voyais aucun moyen de nous en sortir.

Soudain, je me souvins d'Alice. Avait-elle rejoint Grimalkin ? J'espérais seulement qu'elle avait tenu sa promesse et n'était pas repartie dans l'obscur sans m'en parler d'abord. D'un côté, je me réjouissais qu'elle ne nous ait pas accompagnés à Todmorden : elle aurait été en grand danger, ici. De l'autre, j'aurais donné n'importe quoi pour bénéficier de son aide et de sa compagnie. Elle m'avait tiré plus d'une fois de situations désespérées.

J'allais interroger le miroir posé sur la table de nuit quand je compris : si je pensais à elle, c'est qu'elle tentait elle aussi de me contacter ! Presque aussitôt, son visage me souriait sur la surface de verre. Puis, redevenue grave, elle se mit à écrire avec son doigt. Le texte s'inscrivit à l'envers, mais nous avions tant de fois communiqué ainsi que je n'eus aucun mal à le déchiffrer.

Qu'est-ce qui ne va pas, Tom ?
Voilà un moment que je t'attends.

Nous aurions dû être de retour à Chipenden depuis deux jours. Ne nous voyant pas revenir, elle en avait déduit que nous avions des ennuis. Mon besoin de l'avoir à mes côtés l'emporta sur mes réticences à la mettre en danger. M'agenouillant devant la table de nuit, je soufflai sur le miroir et écrivis avec mon doigt. Je m'appliquai à être aussi lisible que possible. Je ne lui révélai pas que l'Épouvanteur était mort, préférant le lui apprendre de vive voix. Le temps des explications viendrait plus tard.

Un démon s'est emparé de mon maître...

Puis, pour aller plus vite, j'essuyai la buée du miroir avec ma manche, approchai mon visage du verre et articulai en exagérant les mouvements de ma bouche pour être bien compris :
– Le démon est puissant, il a beaucoup d'alliés. On est en grand danger. Rejoins-moi aussi vite que tu pourras, sinon, il sera trop tard...

Je détestais l'idée de l'attirer dans ce traquenard, mais je savais que sa présence changerait tout. Néanmoins, je n'oubliais pas qu'elle pratiquait la magie noire. J'avais protesté quand elle avait transmis sa force à Agnès Sowerbutts. Il y avait de l'hypocrisie à lui demander son aide, maintenant que j'avais besoin d'elle. Mon maître en aurait été contrarié. Mais, pour vaincre l'obscur, on est parfois amené à utiliser les armes de l'obscur...

Avant qu'Alice ait pu me répondre, le miroir s'obscurcit. J'attendis qu'elle rétablisse le contact. En vain. Une pensée effrayante me traversa alors l'esprit : elle avait peut-être rejoint Grimalkin, elle amenait peut-être la tueuse avec elle ? Si le sac contenant la tête du Malin était à la portée des créatures roumaines, il leur serait bien plus facile de le récupérer. Et je n'avais pas eu le temps de mettre Alice en garde. Tenant le miroir à deux mains, je l'appelai. Pas de réponse.

Je finis par abandonner et allai frapper à la porte de Judd.

Il m'ouvrit en bâillant :

– C'est l'heure du souper ?

– Je n'ai pas très faim, grommelai-je.

– Moi non plus. Mais on va avoir besoin de toutes nos forces. La nuit s'annonce longue et difficile.

– Mon maître jeûnait toujours avant d'affronter l'obscur, fis-je remarquer.

Judd eut un sourire désabusé :

– Oui, il ne nous autorisait que quelques bouchées de fromage du Comté. J'entends encore mon ventre crier famine !

Nous descendîmes dans la salle, où l'aubergiste nous servit d'un air revêche un repas de mouton froid et de pain rassis. Nerveux, j'avais du mal à avaler. Judd n'avait guère d'appétit non plus.

Quand le bonhomme revint débarrasser, je tentai d'engager la conversation dans l'espoir d'en apprendre un peu plus sur la ville :

– Vous habitez Todmorden depuis longtemps ?

Il haussa les épaules :

– Je suis né ici et j'y mourrai. Mais je m'occupe de mes affaires, et vous devriez en faire autant. Je vais me coucher. Bonsoir.

Nous ne lui tirerions rien de plus, et je fus soulagé de le voir tourner les talons. Dès qu'il eut disparu dans l'escalier, je parlai d'Alice à Judd et lui contai une partie de ce qu'elle avait fait pour moi.

– Je parie que John Gregory a trouvé ça plus lourd à digérer qu'un dîner comme celui-ci ! plaisanta-t-il. Je n'ai jamais connu un homme aussi attaché à ses principes.

– Oui, ces compromissions avec l'obscur lui ont coûté. Mais c'était une question de vie ou de mort. Grâce à son flair, Alice est capable de découvrir où est cachée la tête de mon maître.

– On y sera certainement attendus, commenta Judd. Toutefois, si on sait exactement où aller, on aura une chance de prendre l'adversaire par surprise.

Les heures passaient, et rien n'annonçait l'attaque que nous avions prévue. Puis, juste avant l'aube, on frappa violemment à la porte de l'auberge.

Judd bondit sur ses pieds, sa hache à la main ; je tirai mon épée. Nous n'avions aucune intention d'ouvrir, et l'aubergiste ne s'y risquerait pas non plus tant que le soleil ne serait pas levé. Valait-il mieux laisser les assaillants défoncer la porte ou les combattre à l'extérieur ? Puis j'entendis qu'on soulevait une fenêtre à guillotine, à l'étage.

– Vous gardez deux criminels dans vos murs, lança une voix de femme. Livrez-les-nous afin qu'ils soient châtiés.

Une expression douloureuse traversa le visage de Judd. Dame Fresque était dehors ! Je compris que mon compagnon s'apprêtait à quitter l'auberge pour affronter le démon qui avait pris possession du corps de sa bien-aimée.

– Non ! m'écriai-je en le retenant par le bras. D'autres strigoïca sont peut-être à l'affût.

Il hocha la tête et se détendit un peu.

Nous entendîmes alors l'aubergiste répondre :

– Ce sera fait avant la tombée de la nuit. Nous respecterons le pacte, ne vous inquiétez pas.

– Un *pacte* ? répéta Judd en levant les sourcils. Qu'est-ce que ça signifie ? Il y a quelques questions auxquelles cet individu, là-haut, ferait bien de répondre !

La fenêtre se referma, et nous attendîmes devant l'âtre que notre hôte descende l'escalier. Quand il apparut, il portait une veste et une écharpe. Il parut surpris de nous trouver là. Sans doute nous croyait-il au lit, profondément endormis.

– Je dois sortir, grommela-t-il. Je serai de retour dans une heure pour préparer vos petits déjeuners.

Il n'eut pas le temps d'atteindre la porte. Judd lui barra le passage et, le tenant fermement par le bras, le ramena près de la cheminée.

– Vous ne sortirez pas d'ici. Nous avons quelques questions à vous poser, dit-il en le forçant à s'asseoir sur une chaise. Vous avez conversé avec ce démon.

– Un démon ? Quel démon ?

– Niez-vous avoir parlé à Dame Fresque ? On a tout entendu. Alors, dites-nous : en quoi consiste ce « pacte » que vous avez passé avec elle ?

L'aubergiste le fixait, en silence. Judd leva sa hache.

– Parle ou meurs ! gronda-t-il. Je suis un homme désespéré, et à la façon dont vont les choses, je ne compte pas survivre bien longtemps. Quel est ce pacte ?

– C'est un accord qu'on a conclu avec les étrangers, de l'autre côté du fleuve. Il garantit notre sécurité et les empêche de nous dévorer...

– Continue, dis-moi tout ! ordonna Judd, remarquant son hésitation. Quel rôle joues-tu dans ce marché ?

– On leur apporte chaque semaine trois charrettes d'abats et de sang d'animaux fournis par les fermes des environs. On dépose les sacs et les tonneaux sur notre rive, et ils viennent les chercher la nuit.

C'était donc ainsi qu'ils alimentaient le puits sanglant. Sans doute puisaient-ils à cette même source pour se nourrir et nourrir leurs prisonniers. C'était probablement grâce à ce pacte que les sorcières ne nous avaient pas poursuivis jusqu'au pont.

– Et en échange ils vous laissent tranquilles ? demandai-je.

– Oui, ils ne tuent personne sur cette rive-ci. Mais on ne doit pas sortir après la tombée de la nuit – il leur arrive de se rendre ici ou là. Ils établissent une carte de la partie ouest du Comté.

– Une carte ! s'exclama Judd. Imbécile ! Tu ne vois donc pas ce que ça signifie ? Ils planifient leur recherche de victimes ! Tu leur vends la vie de tes semblables pour sauver la tienne ! Et tu es prêt à nous remettre entre leurs mains pour la même raison ! Ne le nie pas, on a tout entendu ! Tu n'iras nulle part, ce matin ! Tu vas rester ici et nous préparer un petit déjeuner. Et tâche qu'il soit meilleur que ce que tu nous as servi hier soir !

– Mais si nous ne faisons rien avant la prochaine nuit, protesta l'aubergiste, le pacte sera rompu ! Ils vont nous massacrer !

– On s'en occupera, répliqua Judd. Des gens de la ville ont détruit le pont. Est-ce que ça n'a pas mis fin au pacte, de toute façon ? En ce cas, l'heure de vous battre a sonné !

– Le pont, on peut le réparer. Dès qu'ils auront mis la main sur vous, tout redeviendra normal, ils nous l'ont promis.

– *Normal*! Tu appelles ça «normal», espèce de fou! hurla Judd. Disparais de ma vue! Occupe-toi du petit déjeuner! Et plus vite que ça!

Le bonhomme fila en nous jetant un regard terrifié.

Judd me parla à l'oreille de manière à ne pas être entendu:

– Quand la fille sera-t-elle ici?

– Dans la matinée. Elle a dû marcher toute la nuit.

– Bien. Voilà comment je vois les choses: dès son arrivée, on lui demande de localiser la tête de ton malheureux maître. On la récupère et on retourne droit à Chipenden, où on cherchera de l'aide. Il faudra peut-être nous adjoindre les services de l'armée.

Judd voyait juste. On était dépassés par le nombre, on aurait besoin des militaires. Mais nous écouteraient-ils et accepteraient-ils d'intervenir?

L'aubergiste commençait à frire nos œufs au bacon quand on frappa de nouveau à la porte. Par la fenêtre, nous découvrîmes deux douzaines d'individus, l'air mi-furieux mi-désespéré, certains armés de massues. Dame Fresque avait dû les informer de la situation. À moins qu'ils n'aient entendu ses menaces.

— Ouvrez! braillèrent-ils. Ouvrez tout de suite ou on enfonce la porte!

Nous ne prîmes pas la peine de répondre. Inutile de tenter de raisonner une foule en proie à la panique. Au bout d'un moment, ils disparurent au bout de la rue, avant de revenir. Cette fois, ils transportaient un lourd bélier – un gros tronc à l'extrémité bardée de fer. La porte n'y résisterait pas.

— Un! Deux! Trois! gueula une voix.

À trois, le bélier frappa bruyamment la porte. Elle plia sous l'impact, et le vacarme fit bondir l'aubergiste hors de sa cuisine. Les verrous ne tarderaient pas à céder. Que faire? Utiliser mon épée contre des êtres de l'obscur était une chose; attaquer des hommes terrifiés – des pères de famille, des frères, des fils – en était une autre.

L'aubergiste se précipita pour ouvrir la porte. Judd le rattrapa par le col et l'immobilisa en lui tordant le bras.

J'étais en lutte avec moi-même, sans savoir quelle décision prendre. Finalement, je brandis mon épée. Si nous étions pris, nous finirions dans le puits, et servirions de pâture aux strigoï.

Au second coup, la porte gémit, et une pluie de plâtre dégringola du plafond.

— Ils ne respectent guère la propriété d'autrui, dirait-on, commenta Judd.

L'aubergiste ne souffla mot.

Dans l'intervalle entre deux impacts, l'air résonnait de jurons et de malédictions. Ces hommes étaient mus par l'énergie du désespoir, et les verrous ne résisteraient pas longtemps.

Ils cédèrent au cinquième coup. Face à nous, les assaillants se figèrent. Nous nous dévisageâmes en silence. Je perçus alors, non loin de là, des aboiements de chiens. Ils avaient quelque chose de familier. Soudain, je les reconnus : c'étaient Griffe, Sang et Os.

Alice arrivait ! Et elle avait amené les chiens !

Les hommes se retournèrent, inquiets ; et, en un clin d'œil, ils se dispersèrent. Certes, les trois bêtes étaient impressionnantes, mais pas à ce point ! Nous sortîmes dans la rue, et nous comprîmes aussitôt la raison de leur fuite.

Alice n'était pas seule ; Grimalkin l'accompagnait. Elle courait vers nous, ses lèvres noires entrouvertes révélant ses dents limées en pointe. Des lames diverses étaient passées dans les lanières entrecroisées sur sa poitrine, et elle tenait un poignard dans chaque main. Ces types avaient été bien avisés de filer, car elle affichait son rictus de tueuse.

En toute autre occasion, j'aurais accueilli avec enthousiasme cette redoutable alliée. Mais elle transportait la tête du Malin dans le sac de cuir pendu à son épaule. C'était précisément ici que les créatures roumaines voulaient l'attirer.

Elle était tombée dans le piège.

18

L'endroit le plus dangereux

Nous nous écartâmes pour les laisser entrer, elles et les chiens. Puis, après avoir refermé la porte tant bien que mal, nous prîmes place autour de la plus grande table de la salle.

L'aubergiste, tout en lançant vers Grimalkin des regards épouvantés, emplit nos assiettes d'œufs au jambon accompagnés de pain grillé jusqu'à ce que nos appétits soient satisfaits.

– Et les chiens ? lui lançai-je. Ils ont parcouru une longue route, ils ont faim !

Il eut un instant d'hésitation, mais Grimalkin le fixa en découvrant ses dents pointues. Il s'enfuit dans sa cuisine, et revint avec de la viande pour les bêtes.

Tandis que nous mangions, j'avais expliqué dans quelle situation était Todmorden, rappelant tout ce qui s'était passé depuis que j'avais quitté Chipenden en compagnie de Judd et de l'Épouvanteur.

Quand j'en vins au sort de mon maître, ma gorge se serra et je ne pus continuer. Alice posa la main sur mon bras. Une bouffée de tendresse me gonfla la poitrine. En dépit de nos récents différends, elle m'avait terriblement manqué.

C'est alors que Judd Brinscall intervint :

– Avant que Tom vous en dise plus, je dois vous avouer quel rôle j'ai joué dans cette affaire. J'en suis aussi navré que honteux.

Il m'épargnait la tâche de révéler sa trahison, et j'en fus soulagé.

D'une voix tremblante, il conta son histoire sans tenter de se justifier autrement qu'en révélant les menaces portées contre sa famille et la possession de Cosmina Fresque par un démon. Quand il eut terminé, il fixa la table, la tête basse.

Personne n'eut un mot de réconfort. Il m'était toujours impossible de lui pardonner. Grimalkin le scruta, la mort dans les yeux.

Ma conscience m'obligea alors à confesser mes propres manquements.

– Je ne suis pas fier de moi non plus, reconnus-je. J'étais descendu dans la cave, à la recherche de mon maître. Je me suis soudain trouvé face à des démons. Il faisait noir, ils étaient nombreux. J'ai pris la fuite, terrorisé... Je me suis sauvé.

Le silence retomba. Enfin, Alice le rompit, et la tension se relâcha.

– Qu'as-tu vu dans cette cave la deuxième fois, Tom ? m'interrogea-t-elle. Que t'a montré au juste la strigoïca ?

Je déglutis, la gorge nouée. Je revoyais l'instant où la créature avait soulevé le couvercle du coffret, révélant l'horreur qu'il contenait.

– Il y avait la tête de mon maître dans une boîte, maintenue en vie par magie noire. Son corps a été jeté en pâture à un moroï. Il m'a parlé, il m'a dit qu'il souffrait atrocement. Il m'a supplié de le délivrer de ses tourments.

Judd releva la tête. Puis il quitta sa chaise et vint me prendre par les épaules :

– Où étais-tu, quand tu as vu cette tête ?

– Chez Dame Fresque.

Il frappa dans ses mains, les yeux brillants :

– Je comprends tout, à présent ! Combien de fois es-tu entré dans cette maison, Tom ?

– Quatre... Non, cinq fois.

– Et son apparence différait chaque fois ?

– Oui. Lors de ma dernière visite, la porte de la cave avait disparu. À la place, il n'y avait qu'un mur nu.

– Écoute-moi, Tom. Dans cette demeure, tout est en perpétuel changement. Rappelle-toi ce que je t'ai dit sur les strigoï et les strigoïca ! Ils tirent leurs pouvoirs d'un grimoire pour créer des illusions. Je ne voudrais pas te donner de faux espoirs, mais... Tu vois ce que je veux dire ?

Mon cœur s'accéléra, tandis qu'une nouvelle explication m'apparaissait.

– Ce grimoire, c'est le *Codex du Destin*, l'un des plus puissants et des plus dangereux qui soient. Tu veux dire que la tête, dans le coffret, était... une illusion ? Que l'Épouvanteur n'est peut-être pas mort ? Ce serait possible ?

– Ne te réjouis pas trop vite, je ne suis sûr de rien. Mais, oui, il est possible qu'il soit encore vivant, à croupir dans un des puits disséminés sur la colline. Il est résistant, malgré son âge. Seulement, s'ils s'abreuvent régulièrement de son sang, il ne résistera pas longtemps. Il a pu déjà succomber. Sache toutefois une chose : je ne connais aucune sorcière ni aucun démon roumain capable de conserver une âme vivante dans une tête coupée.

– Pourquoi ne pas me l'avoir dit plus tôt ? m'offusquai-je, saisi d'une brusque colère.

– Je n'étais plus moi-même, Tom. Pardonne-moi. Trop de questions m'encombraient l'esprit.

Je désignai du menton le sac de cuir, à l'épaule de Grimalkin :

– Mais le Malin ? On l'a décapité, et sa tête parle encore !

– C'est différent. Ce type de pouvoir fait partie de son être. Le donner à John Gregory est quasiment impossible.

– Quasiment ?

– Qui sait ce que les ressources de l'obscur, combinées entre elles, peuvent accomplir ? Les serviteurs du Malin cherchent désespérément à lui redonner son intégrité. On peut toutefois espérer...

Judd laissa sa phrase en suspens, les sourcils froncés.

Secouant amèrement la tête, je me tournai vers Grimalkin, assise en face de moi :

– C'est exactement ce qu'ils attendaient de moi : que je vous attire ici afin de s'emparer de la tête. Vous êtes à l'endroit le plus dangereux qui soit.

– On te sentait en difficulté, et on était en chemin pour te rejoindre. Aussi, ne te fais aucun reproche, répliqua-t-elle. Depuis la dernière fois que je t'ai vu, petit, j'ai affronté un grand nombre de dangers, et je m'en suis tirée. Parfois, on m'a aidée...

Elle regarda Alice du coin de l'œil, puis elle tapa sur son sac :

— Mais le plus important, c'est ça ! Ça ne doit en aucun cas tomber aux mains de nos ennemis. D'après ce que tu nous as dit, l'Ancien Dieu Siscoï représente la plus grande menace. Nous ne resterons donc pas ici plus longtemps qu'il n'est nécessaire.

— Je ne partirai pas sans avoir tenté de sauver mon maître, ou du moins sans m'être assuré qu'il est bien mort et qu'il est en paix. Alice, tu m'aideras à le retrouver ? J'aurais voulu te laisser à l'écart de tout ça, mais je ne vois pas d'autre moyen.

— Bien sûr, Tom ! répondit-elle. Je peux le faire tout de suite.

Elle ferma les yeux, inspira profondément et relâcha lentement son souffle en marmonnant. Je fus très étonné. Je m'attendais à ce qu'elle m'accompagne sur la colline pour flairer les alentours. Et elle était là, utilisant tout naturellement quelque formule de magie noire. C'était pour elle une seconde nature, à présent.

Elle ouvrit alors les yeux et déclara d'une voix égale :

— Ils le retiennent dans un puits au nord-est.

J'eus du mal à formuler ma question :

— Lui ou seulement sa tête ?

— Impossible à dire, Tom ! Je sens son esprit, c'est tout. Quoi qu'il en soit, il faut le tirer de là. Allons-y !

Grimalkin secoua la tête :

– Non, c'est moi qui irai avec Tom. Toi, prends ça et défends-le grâce à ta magie si nécessaire.

Se levant, elle remit le sac à Alice avant de se tourner vers Judd :

– Tu restes avec elle ! ordonna-t-elle. Vous nous attendrez en haut de la lande, à l'ouest, avec les chiens. On vous rejoindra dès que possible.

Judd acquiesça sans poser de question. L'impressionnante Grimalkin avait pris la direction des opérations, et chacun trouvait naturel de lui obéir.

– Un fermier habite par là-bas, dis-je, un certain Benson. Il a des chevaux et une charrette. Il devait transporter nos livres à Chipenden. Il était furieux que la chose ne se fasse pas, et la somme que je lui ai donnée en compensation n'a pas eu l'air de le satisfaire. Si on le paye bien, il nous laissera sa charrette pour transporter mon maître. Attendez-nous à la lisière de la lande.

Ces dispositions prises, je montai prendre le sac de l'Épouvanteur et le mien. J'en confiai un à Alice et l'autre à Judd.

– Et l'aubergiste ? m'inquiétai-je.

Grimalkin eut un sourire sinistre :

– Il est trop terrifié pour être dangereux. C'est ce qui nous attend sur la colline qu'il faut craindre.

Sans tarder davantage, Alice et Judd partirent vers l'ouest tandis que je descendais vers le fleuve en compagnie de Grimalkin.

Le silence régnait sur la ville déserte, mais les portes verrouillées n'offraient guère de protection aux habitants. S'ils avaient deux sous de jugeote, ils fileraient d'ici.

– Ils vont nous voir venir, me dit Grimalkin. Après tout ce que tu as fait, ils se tiennent certainement sur leurs gardes. Il vaudrait mieux attaquer de nuit, mais la menace qui pèse sur la vie de ton maître ne nous laisse pas le choix. Montrons-nous hardis et rapides. Dès qu'on aura traversé le fleuve, tire ton épée et cours !

Nous marchions déjà sous les arbres et avions presque atteint le gué. Je continuais d'espérer contre tout espoir que nous retrouverions l'Épouvanteur vivant. J'osais à peine penser à ce qui nous attendait au fond du puits. L'idée que ce puisse être sa tête, encore consciente, et que je doive la brûler pour donner la paix à son âme était insupportable.

– Quand on approchera de l'endroit indiqué par Alice, je flairerai l'emplacement précis, reprit Grimalkin. Nos ennemis surgiront sûrement très vite. Pendant l'attaque, tu protégeras mes arrières en prenant soin de ne pas gêner mes mouvements. Compris ?

J'acquiesçai. L'instant d'après, nous avions traversé le fleuve, et Grimalkin s'élançait à vive allure. Je courus sur ses talons, m'efforçant de ne pas me laisser distancer. Bientôt, les rues pavées étaient derrière nous, et nous escaladions la pente de la colline. Grimalkin ne ralentit pas, en dépit de la forte déclivité.

Le temps, encore ensoleillé quand nous avions franchi le gué, changea soudain. Les créatures de l'obscur le manipulaient de nouveau. Mais, cette fois, au lieu de lancer la tempête contre nous, elles envoyaient des langues de brouillard serpenter le long des pentes.

À quelque distance de notre destination, Grimalkin fit halte et renifla à trois reprises. J'attendais derrière elle, l'épée à la main, le souffle court. Désignant des arbustes qui entouraient l'une des plus grandes maisons, elle galopa dans cette direction. C'était une haie d'aubépine, que longeait un profond fossé. Le brouillard qui nous avait rejoints s'épaississait, et la lumière diminuait.

Ce n'était pas un obstacle pour la tueuse. Grimalkin courut vers l'arbre le plus proche de la maison et trouva aussitôt le puits. Il était fermé par une lourde pierre, qu'elle rejeta sur le côté, révélant un trou noir et fétide. J'ai plutôt de bons yeux, même dans l'obscurité ; là, je ne distinguai rien.

– Pouvez-vous vous lever, John Gregory ? appela la tueuse. Si oui, tendez les bras aussi haut que vous pourrez ! C'est moi, Grimalkin ; et Tom, votre apprenti, est à mes côtés.

Le voyait-elle, de son puissant regard de sorcière ? Était-il encore... entier ? Où l'interpellait-elle pour savoir ce qu'il en était ?

Une toux résonna dans les ténèbres du puits, comme pouvait en produire un vieil homme tentant de s'éclaircir la gorge. Mais je me rappelai que la tête, dans le coffret, avait émis le même genre de son. Nous étions sur le point de découvrir la vérité. Seulement, d'autres bruits nous parvenaient du côté de la maison. Une femme cria avec colère dans une langue que je ne compris pas – sans doute du roumain.

– Vite ! siffla Grimalkin vers le fond du puits. On n'a pas beaucoup de temps.

Une nouvelle quinte de toux résonna, puis mon maître parla. Ses mots n'étaient pas ceux que j'espérais entendre.

– Laisse-moi, sorcière ! chevrota-t-il. Mon heure est venue. Je préfère mourir ici.

À sa voix, il paraissait affreusement vieux et fragile. Je me penchai sur le trou, mes yeux s'accoutumant lentement à l'obscurité. Et je lâchai un soupir de soulagement : appuyé contre la paroi de terre, mon maître nous regardait. Terrifié, abattu, mais la tête encore attachée à ses épaules !

— Votre tâche n'est pas achevée, lui lança Grimalkin. Donnez-moi la main ! L'ennemi approche ; chaque seconde qui passe met nos vies en danger !

— Je vous en prie, maître ! suppliai-je. Tout le Comté est menacé. Des démons et des sorcières assoiffés de meurtre s'apprêtent à déferler vers l'ouest. Ils tentent de convoquer Siscoï. On a besoin de vous. Ne nous laissez pas tomber ! Ne vous résignez pas à finir comme ça !

Il y eut un instant de silence. Puis, avec une profonde inspiration, il leva les bras. Deux secondes plus tard, Grimalkin l'avait extirpé de la fosse et il était devant nous.

Je ne l'avais jamais vu dans un tel état de faiblesse. Il tremblait de la tête aux pieds, à peine capable de tenir sur ses jambes. Son manteau était taché d'un sang qui semblait être le sien, et il portait au cou de profondes marques de morsures. Il y avait dans son regard une angoisse telle que j'en eus le cœur serré.

Sans un mot, Grimalkin le bascula sur ses épaules, la tête et les bras ballotant dans son dos.

J'entendais des pas martelant le sol, dans la brume. L'attaque fut si brusque qu'elle me prit par surprise. Les longs doigts griffus d'une strigoïca filèrent vers mon visage. J'abattis mon épée avec tant de hâte que je perdis l'équilibre, glissai sur l'herbe humide et tombai à genoux. Je crus ma dernière seconde arrivée. Mais ce fut au tour du démon de tomber : une lame s'était enfoncée dans son œil gauche. Grimalkin avait déjà une autre dague à la main. Agrippant fermement l'Épouvanteur par les jambes, elle s'élança sur la pente de la colline. Je bondis sur mes pieds, et courus à sa suite.

Quand nous avions fui, Judd et moi, personne ne s'était mis en travers de notre route. Cette fois, les démons se tenaient en embuscade dans le brouillard. Nous franchîmes une première ligne, la sorcière ayant poignardé une silhouette presque indistincte. Une forme énorme s'éleva à ma droite ; j'abattis mon épée et l'impact remonta le long de mon bras. La créature – un ours possédé par un moroï – s'écroula avec un rugissement de douleur.

C'est alors que les vrais ennuis commencèrent. L'ennemi était partout, des strigoï et des strigoïca. Des dents et des griffes surgissaient de la brume. L'épais brouillard provoqué par magie noire permettait aux démons d'attaquer pendant les heures de jour.

– Place-toi derrière mon dos ! me cria Grimalkin. Rappelle-toi ce que je t'ai dit ! Protège mes arrières, je m'occupe du reste !

Elle se lança dans le combat, avec des mouvements fluides empreints d'une grâce terrible. Chacun de ses coups répandait le sang. Mais me tenir dans son dos s'avérait ardu, car elle changeait constamment de direction. Je me contentai d'abord de balancer mon épée pour tenir l'ennemi à distance, veillant à ne pas déraper sur la pente glissante. Je tirai mon poignard juste à temps pour frapper un strigoï aux crocs découverts, qui s'était glissé sous la Lame du Destin. La créature leva la main pour se protéger le visage, ce qui lui coûta trois doigts. Tranche Os portait bien son nom.

Alors qu'elle transportait l'Épouvanteur sur une épaule, ce qui l'obligeait à n'utiliser qu'une arme à la fois, Grimalkin ne cessait de tourbillonner. Chaque coup qu'elle assénait provoquait un cri d'agonie. Je continuai de protéger ses arrières en usant de mes deux lames. Je tentai une fois de ralentir le temps, mais le rythme du combat était si rapide, si furieux que je ne pus trouver la concentration nécessaire.

Finalement, pressé de toutes parts, je repoussai de plus en plus difficilement mes ennemis. Je fus séparé de Grimalkin. Hors d'haleine, les bras ankylosés, je m'épuisais. Soudain, la tueuse fut à mes côtés.

– Par là ! ordonna-t-elle. Suis-moi !

Elle s'était taillé un chemin entre ses assaillants, et nous dévalâmes la colline, abandonnant l'ennemi quelque part derrière nous, dans le brouillard.

Aucune autre créature de l'obscur ne s'interposa entre le fleuve et nous, et nous franchîmes bientôt le gué. Mais nous n'étions plus en sécurité sur cette rive. Le pacte était rompu.

Les rues s'étaient vidées, et un silence surnaturel régnait sur la ville. Les habitants s'étaient-ils barricadés chez eux même en plein jour ? Ou bien avaient-ils pris la fuite ?

– Posez-moi par terre ! protesta faiblement l'Épouvanteur. Je ne veux pas être un fardeau. Je peux marcher !

Grimalkin ne se donna même pas la peine de répondre ; elle se contenta de hâter le pas.

Au moment où nous quittions Todmorden pour nous engager sur la lande, le brouillard se dissipa, laissant place à un soleil éclatant. En me retournant, je vis que la ville et le fleuve étaient encore ensevelis dans la brume. Devant nous, je n'apercevais ni Alice ni Judd. Je commençais à m'inquiéter quand ils apparurent au loin, marchant près d'une charrette. Les chiens bondissaient autour d'eux.

Quand ils nous rejoignirent, les yeux de Benson s'agrandirent d'effroi en découvrant Grimalkin. Néanmoins, il avait été bien payé, et, une fois l'Épouvanteur installé avec précaution sur le véhicule, il lança ses chevaux au galop. Alice tendit le sac de cuir à Grimalkin, qui le remit à son épaule. Et nous suivîmes la charrette au pas de course.

Nous abandonnions le champ de bataille – provisoirement. Notre devoir nous imposait de revenir plus tard à Todmorden pour contrer la menace.

Pendant une demi-heure, Grimalkin, Alice, Judd et moi courûmes près de la charrette, à l'affût du danger. Puis Benson se tourna vers nous :

– Je vais crever mes chevaux, à ce rythme-là !

Les bêtes écumaient, et, sur un signe de tête de Grimalkin, leur conducteur tira sur les rênes et les mit au trot. À la tombée de la nuit, nous fîmes halte quelques heures, montant la garde l'un après l'autre. L'attaque que nous redoutions n'eut pas lieu ; nous nous rapprochions peu à peu de Chipenden.

En d'autres circonstances, cela aurait suffi à apaiser mon anxiété, mais, même ici, les pouvoirs combinés des différentes entités roumaines étaient capables de nous atteindre. Nous n'étions plus en sécurité nulle part.

19

Les termes du contrat

La première nuit à Chipenden se déroula sans incident. Cependant, persuadés qu'une attaque ne saurait tarder, nous restâmes vigilants. Comme nous n'avions pas encore de lits, nous avions installé l'Épouvanteur le mieux possible dans la cuisine, enveloppé dans des couvertures, sur une bonne couche de paille pour le protéger du froid du carrelage. Or, un peu avant l'aube, je l'entendis crier. Je courus auprès de lui. Il s'agitait dans son sommeil, visiblement en plein cauchemar, revivant son incarcération et les moments horribles où les démons s'abreuvaient de son sang. J'hésitai à le réveiller, mais il finit par se calmer, et son souffle redevint régulier.

J'eus du mal à me rendormir. Dès les premières lueurs, je sortis me dégourdir les jambes et inspecter l'avancement des travaux. La toiture était terminée, portes et fenêtres étaient posées, nous étions donc à l'abri des intempéries.

À l'intérieur, il restait beaucoup à faire. Les chambres de l'étage étaient encore inhabitables, les planchers ayant brûlé. Ce serait la prochaine tâche du charpentier. Toutefois, il avait déjà reconstruit celui de la bibliothèque, qui venait en priorité sur la liste établie par mon maître.

Quand je vins revoir l'Épouvanteur avant le petit déjeuner, il était assis, le dos contre le mur, face à la cheminée. Un bol de bouillon à demi plein était posé près de lui, et il avait son *Bestiaire* à portée de main.

Des bûches flambaient dans l'âtre, et, bien que dépourvue de meubles, la cuisine était chaleureuse et accueillante. Cependant, le visage de mon maître demeurait marqué par l'angoisse, et, malgré le feu, il frissonnait.

– Vous sentez-vous un peu mieux ? demandai-je.

– Mieux que je ne l'étais, petit, répondit-il d'une voix altérée. Mais je n'ai guère d'appétit, et je n'ai qu'à peine fermé l'œil. Dès que je m'endormais, j'étais assailli par le même effroyable cauchemar. Je crains de ne plus jamais connaître une bonne nuit de sommeil.

– Au moins, vous êtes en sécurité, à présent ! Je vous ai vraiment cru mort.

C'était la première fois que nous pouvions converser depuis que je l'avais laissé dans la bibliothèque de Dame Fresque, et je lui fis un rapide récit des derniers évènements, y compris ma conversation avec ce que je pensais être sa tête coupée.

– Je l'ai pensé moi aussi. Je ressentais une douleur terrible, comme si on m'avait vraiment tranché le cou et que j'étais confiné dans ce coffret. J'étouffais, je m'étranglais. Au long de toutes ces années passées à combattre l'obscur, je n'avais jamais rien connu d'aussi éprouvant. Puis je me suis retrouvé dans cette fosse, et j'ai compris que ma tête était toujours sur mes épaules. J'aurais dû en être soulagé, mais être ainsi vidé de mon sang était presque pire. Après les premières morsures, la douleur s'était atténuée. Le plus affreux était d'être sans défense, à la merci de cette hideuse créature ; de sentir mon cœur peiner à chaque battement, tandis que la vie me quittait peu à peu.

L'Épouvanteur ferma les yeux et inspira profondément avant de poursuivre :

– Je croyais qu'en ayant entravé le Malin, on aurait sérieusement affaibli l'obscur. Or, il résiste. Il est aussi fort qu'avant, peut-être même plus. Sur l'île de Mona, on est venus à bout de Lizzie l'Osseuse.

En Irlande, on a empêché les mages caprins de faire surgir le Dieu Pan, on a décapité le Malin. Mais de nouvelles entités viennent remplacer celles que nous avons vaincues. Et voilà que ces créatures roumaines mettent le Comté en danger. Cela dit, tu t'es bien débrouillé. Je suis fier de toi. Tu es sans conteste le meilleur apprenti que j'aie jamais eu – même si je n'oserais pas le dire devant Judd Brinscall, ajouta-t-il avec un léger sourire.

Moi, je souriais d'une oreille à l'autre. Les compliments de mon maître étaient rares !

Il reprit aussitôt sa mine sombre :

– Que ça ne te monte pas à la tête, petit ! Tu n'es pas encore au bout de tes peines. Maintenant, écoute-moi attentivement : il y a certaines choses à faire pour augmenter nos chances de survie.

Mon sourire s'effaça tandis qu'il poursuivait.

– Les démons et les sorcières attaqueront certainement au crépuscule, ce qui nous laisse toute la journée pour nous préparer. Descends au village et demande au forgeron de nous fabriquer trois bâtons munis de lames rétractables en alliage d'argent, une pour toi, une pour Judd et une pour moi. Dis-lui que c'est urgent et que tu viendras les chercher avant le soir. S'il me faut mourir, que ce soit en combattant ! Puis tu passeras chez l'épicier, le boulanger et le boucher et tu rapporteras les provisions habituelles.

Autre chose ! Le succès n'est pas garanti, mais ça vaut le coup d'essayer. Tu te souviens de notre gobelin ? Piste-le et tâche de le convaincre de revenir. Propose-lui un nouveau contrat.

Dans sa jeunesse, mon maître avait passé avec ce gobelin un accord qui restait valable tant que la maison de Chipenden avait un toit. L'incendie avait libéré la créature.

– Comment vais-je le retrouver ?

– Avec difficulté ! Mais il n'est sûrement pas allé très loin. Explore les leys. Mon instinct me dit qu'il aura suivi celui qui va du nord au sud. Personne ne s'étant plaint des agissements d'un gobelin, je suppose qu'il a élu domicile dans quelque maison abandonnée. À moins que des gens ne tolèrent sa présence. Qui sait ? Il est peut-être en train de préparer le petit déjeuner pour quelqu'un d'autre ! Suis le ley et déniche-le ! Il a pu retourner dans la menuiserie où je l'ai rencontré la première fois. Les gobelins aiment leurs habitudes et repartent souvent là où ils se sont plu.

Les leys sont des lignes de pouvoir, des routes invisibles par lesquelles ces créatures voyagent d'un point à un autre. L'Épouvanteur avait sans doute raison. Son intuition se révélait généralement juste.

– Sauras-tu trouver ton chemin ou veux-tu que je te dessine une carte ? me demanda-t-il.

Toutes ses cartes avaient été détruites dans l'incendie, mais j'avais déjà suivi ce ley deux fois avec lui.
— Je me souviens de la route.
— As-tu lu dans mon *Bestiaire* le passage où j'explique comment j'ai conclu un pacte avec ce gobelin ?
— Je l'ai seulement parcouru, admis-je.
— Tu n'étudies pas les textes avec assez d'attention, petit, c'est un de tes défauts. Eh bien, relis-le maintenant, ça pourrait t'être utile, dit-il en me tendant le livre.

Je l'ouvris au chapitre des gobelins. Pour traiter avec ces créatures, on procède en quatre phases : négocier, intimider, entraver et tuer. Avec ce gobelin-ci, la première avait réussi. Après quelques journées difficiles, qui avaient valu à mon maître un violent coup sur la tête et des griffures sur la joue, ils avaient convenu d'un arrangement. Je lus attentivement les termes du contrat :

La nuit venue, j'entrai dans la cuisine non sans appréhension et m'adressai à la créature :
— Ta récompense sera mon jardin. En plus de cuisiner et de tenir la maison propre, tu garderas la maison et le jardin. Tu tiendras à distance tout danger et toute menace.
Un grondement me répondit. Le gobelin n'appréciait pas de se voir exiger davantage de travail.
Je repris vivement mes explications :

– *En compensation, les jardins seront ton domaine. À l'exception des choses enfermées dans des fosses et de mes futurs apprentis, le sang de toute créature y pénétrant après la tombée de la nuit sera à toi. Toutefois, si l'intrus est un humain, tu devras l'avertir à trois reprises par un hurlement. Cet arrangement durera aussi longtemps que cette maison aura un toit!*

– Si je retrouve le gobelin, croyez-vous qu'il acceptera le même contrat? demandai-je.

L'Épouvanteur se gratta la barbe:

– Ces êtres-là, plus tu leur en donnes, plus ils en attendent. Négocier avec eux, c'est tout un art. Tâche d'imaginer un moyen de l'appâter. Mais, s'il accepte de garder de nouveau la maison et le jardin, il saura recevoir comme il faut les strigoï et les strigoïca qui s'aventureraient ici. Au contraire de certains démons, quand ils ont pris possession d'un corps humain, ils sont liés à lui, ce qui les rend plus vulnérables.

– Et les sorcières?

– Si elles s'approchent de la maison sous forme de sphères, ça sera plus compliqué. Quant à Siscoï, le gobelin n'aurait aucune chance contre lui. Néanmoins, il peut nous être d'une grande utilité.

Trois ans plus tôt, il avait empêché l'intrusion du Fléau, un être maléfique qui avait acquis à l'époque des forces considérables. Pourtant, la puissance de cette créature n'était rien comparée à celle d'un Ancien Dieu.

– Je descendrai chez le forgeron tout de suite après le petit déjeuner, dis-je. Puis je me mettrai en quête du gobelin.

L'Épouvanteur secoua la tête :

– Désolé, petit, mais tu vas bientôt affronter l'obscur. Emporte un morceau de fromage du Comté, il faudra t'en contenter.

Je pestai intérieurement : mon estomac grondait déjà de faim.

– J'ai eu tout le temps de réfléchir, au fond de ce puits, reprit mon maître, tandis que je priais la mort de venir me délivrer. Bien que je t'aie parfois blâmé de t'être rapproché de l'obscur, je n'ai pas fait mieux. Si je me suis toujours méfié de la jeune Alice et t'ai mis en garde contre elle, c'est parce que j'ai moi-même manqué à mes devoirs en me liant à Meg...

Il resta un moment silencieux. Meg, le grand amour de sa vie, était une sorcière lamia. Ils avaient vécu plusieurs années ensemble avant qu'elle ne reparte pour la Grèce.

– J'ai longtemps refusé de l'admettre, poursuivit-il, mais mes propres compromis avec l'obscur ont commencé bien avant, avec le pacte que j'ai conclu avec le gobelin. Il a été mon premier allié venu de l'autre côté, la première marche qui m'a amené à cette alliance avec Grimalkin...

Qu'est-ce qu'il racontait ? Je n'y comprenais plus rien.

– Vous avez changé d'avis ? Je ne pars pas à la recherche du gobelin ?

– Si ! Trouve-le et passe un nouveau pacte avec lui, c'est important ! Et, si utiliser l'obscur est le moyen de vaincre l'obscur, faisons-le ! Ça me contrarie, voilà tout. Pour avoir une chance de survivre, il nous faut abandonner les grands principes sur lesquels j'ai fondé ma vie. C'est une sale et triste affaire. Va, maintenant ! Mais surtout, quoi qu'il arrive, sois de retour avant la nuit !

La mine grave, il ajouta :

– J'ai pardonné à Judd, et je souhaite que tu fasses de même. Aucun de nous n'est parfait, et il a traversé de rudes épreuves. J'ai moisi au fond d'un de ces puits de strigoï, alors, je sais ce que c'est, d'autant que des menaces pesaient sur sa famille... Alors, laissons le passé passer, hein ?

J'approuvai de la tête. Je m'efforçais de pardonner à Judd, mais ça n'allait pas sans mal.

– Après le petit déjeuner, Judd se rendra à la caserne de Burnley pour avertir les autorités militaires du danger qui menace Todmorden. Avec un peu de chance, elles l'écouteront et enverront la troupe enquêter. Ça obligera au moins nos ennemis à faire profil bas quelque temps et permettra de sauver quelques vies.

Grimalkin, Judd et Alice étaient dans le jardin, achevant de manger des œufs au bacon qu'ils avaient préparés sur un feu de bois. Je leur lançai un regard envieux. Les chiens bondirent joyeusement autour de moi. Tout en les caressant, je fis part à mes compagnons de la tâche qui m'était assignée.

– Ça vaut la peine d'essayer, approuva Judd. Ce gobelin est un de mes plus forts souvenirs d'apprentissage. Sa place est ici. Il nous défendra efficacement.

– Si je t'accompagnais, Tom ? proposa Alice.

– Oui, vous serez plus en sécurité à deux, déclara Grimalkin.

Elle se leva et remit le sac de cuir sur son épaule :

– Je vais explorer les environs au cas où je détecterai les signes d'une attaque imminente. Ils ont pu envoyer une avant-garde nous espionner.

– Il faut donc que je revienne de Burnley le plus tôt possible pour veiller sur John Gregory, dit Judd. Un fermier du coin me prêtera peut-être un cheval. Mais on est bien d'accord ? Vous serez tous là au moins deux heures avant le coucher du soleil ? Si je n'étais pas de retour à temps, je peux compter sur vous ?

Nous le lui promîmes, et je descendis au village avec Alice. J'aurais aimé emmener les chiens. Malheureusement, ils ne font pas bon ménage avec les gobelins et leurs vies auraient été en danger.

Habituellement, je me sentais bien avec Alice, même si nous nous contentions de marcher côte à côte sans parler. Je n'éprouvais jamais le besoin de rompre le silence. Or, là, j'étais mal à l'aise. Le temps passait ; le rituel destiné à détruire le Malin devrait être célébré dans moins de cinq mois. Imaginer Alice retourner dans l'obscur me tourmentait, et plus encore ce que je lui avais dissimulé : que l'objet sacré qu'elle devait me rapporter – la dague appelée Douleur – servirait à lui ôter la vie.

Alice me lançait de curieux regards en coin. Avait-elle deviné la vérité ? Ses nouvelles forces magiques lui donnaient tant de pouvoir ! Je fus soulagé d'arriver au village.

Pendant la guerre, Chipenden avait été occupé par une patrouille ennemie. Il y avait eu des morts, des maisons brûlées, et la plupart des habitants avaient pris la fuite. Je fus heureux de voir que la reconstruction avait commencé et que beaucoup de maisons étaient de nouveau habitées. Je m'arrêtai chez le forgeron, et il s'engagea à me livrer les trois bâtons dans l'après-midi. Je passai ensuite à l'épicerie, à la boulangerie et à la boucherie, demandant que nos commandes habituelles soient prêtes en fin de journée.

Il ne nous restait plus qu'à débusquer le gobelin, et surtout le persuader de revenir protéger la maison et le jardin de Chipenden.

20

Comme au bon vieux temps

Persuadés que l'intuition de l'Épouvanteur était la bonne et que nous trouverions le gobelin quelque part le long du ley qu'il avait indiqué, nous quittâmes Chipenden par la route du sud.

Nous traversâmes par deux fois les méandres de la rivière en pataugeant dans les gués avant d'atteindre le premier refuge possible du gobelin : une vieille grange encore munie d'un toit, même s'il fléchissait dangereusement.

– Cet endroit est à l'abandon, me fit remarquer Alice. Un gobelin pourrait y avoir élu domicile.

– Allons voir !

Nous fîmes le tour du bâtiment avant d'y pénétrer. Des oiseaux avaient bâti leurs nids sous l'auvent, mais, à part leurs pépiements, tout était silencieux. Rien ne révélait la présence d'une créature de l'obscur.

Poursuivant notre chemin, nous arrivâmes devant un petit cottage, que j'avais remarqué lors de mon dernier périple le long du ley. Il était alors occupé par un fermier, sa femme et leur petite fille ; depuis, la guerre était passée par là. Il n'y avait plus ni porte ni fenêtres, la maison n'était qu'une coquille vide dont la toiture à demi écroulée céderait à la prochaine tempête.

J'entrai, jetant des regards nerveux vers les poutres noircies. Je ne perçus aucun signe du gobelin, mais un faible miroitement, dans un coin, attira mon attention. Un fantôme apparut, celui d'une fillette qui n'avait pas plus de cinq ans. Elle portait une robe blanche toute tachée de sang, et de grosses larmes roulaient sur ses joues. Elle tendait les bras en appelant désespérément son papa et sa maman.

Ses parents étaient sans doute morts dans l'incendie ou massacrés par les soldats. Elle était revenue en ses lieux où elle avait été heureuse ; elle y cherchait le père et la mère qui l'avaient chérie et protégée jusqu'à ce jour terrible où la guerre avait frappé à leur porte.

La main d'Alice se referma sur mon bras.

– Oh, Tom, gémit-elle, aide-la, s'il te plaît !

Elle avait beau utiliser de plus en plus souvent ses pouvoirs de sorcière, son cœur demeurait bon. À cet instant, il me sembla qu'elle était encore loin, très loin, de devenir une pernicieuse.

Je m'approchai de la petite revenante et m'agenouillai devant elle, mes yeux à la hauteur des siens.

– Ne pleure plus, et écoute-moi bien, lui dis-je doucement. Je suis ici pour t'aider. Tout va s'arranger.

Comme ses sanglots redoublaient, je repris :

– Tu veux retrouver ton papa et ta maman ? Et rester avec eux pour toujours ? Je vais t'indiquer comment faire, c'est facile.

La fillette fantôme s'essuya les yeux d'un revers de main et demanda :

– Comment ?

Sa lèvre inférieure tremblait, mais une expression d'espoir illuminait son visage.

– Il suffit de te rappeler un souvenir heureux.

– Lequel ? Il y en a tant ! On était heureux avant que les soldats arrivent. On était heureux tout le temps !

– Tu en as sûrement un plus beau que tous les autres, réfléchis bien !

La petite fille hocha la tête :

— Oui ! Quand maman m'a offert une robe blanche pour mon anniversaire et que papa m'a promenée sur ses épaules.

— C'est cette robe ? Celle que tu portes aujourd'hui ?

— Oui ! Maman a dit que j'étais aussi jolie qu'une princesse, et papa a ri, et il m'a fait tourner, tourner, tourner ! J'étais tout étourdie !

Elle sourit à ce souvenir ; les taches de sang s'effacèrent et sa robe prit une blancheur si éclatante que je clignai des yeux, ébloui.

— Regarde dans la lumière, lui dis-je. Tu les vois ? Ton papa et ta maman ?

Les larmes roulaient toujours sur ses joues, mais, cette fois, c'étaient des larmes de joie. Je sus que ses parents l'attendaient, les bras ouverts, et qu'ils l'appelaient.

La petite fille me tourna le dos, elle commença à s'éloigner. Puis son image tremblota, et elle disparut.

Alice et moi reprîmes notre chemin en silence. Je me sentais bien, la tension entre nous s'était dissipée. Parfois, être apprenti épouvanteur me donnait de grandes satisfactions.

Dix minutes plus tard, nous arrivions devant la menuiserie. Le gobelin s'était trouvé à son aise à cet endroit, autrefois ; il y avait de fortes chances qu'il y soit retourné.

La porte pendait sur ses gonds, et l'atelier était désert. Il n'y avait cependant pas trace de violence ou de destruction. La menuiserie avait simplement été abandonnée – probablement quand la nouvelle de l'attaque de Chipenden avait été connue. Et les ouvriers n'étaient pas revenus. Il faudrait du temps avant que la vie reprenne son cours dans le Comté.

Alors que je m'approchais de l'établi, le frisson glacé annonçant la présence d'une créature de l'obscur me courut le long du dos. Un ronronnement puissant s'éleva, si fort qu'il fit vibrer les outils dans les râteliers. C'était le gobelin-chat, et sa façon de ronronner était encourageante. Il se souvenait de moi. Aussi, d'une voix ferme, j'entamai aussitôt les négociations :

– Mon maître, John Gregory, te prie de revenir à Chipenden. La maison est réparée, elle a de nouveau un toit. Nous sommes très reconnaissants de tout ce que tu as fait pour nous autrefois, et nous souhaitons que notre association reprenne selon les mêmes termes qu'avant.

Il y eut un long silence. Puis j'entendis des crissements. Le gobelin-chat se servait de ses griffes pour graver sa réponse sur une grosse planche posée contre le mur. Quand le bruit cessa, je m'avançai pour lire :

Gregory est vieux et affaibli.
L'avenir t'appartient. Faisons un pacte.

J'hésitai : qu'en penserait mon maître ?

– Accepte, Tom, m'encouragea Alice. Il a vu juste. L'avenir, c'est toi. Tu seras bientôt l'épouvanteur de Chipenden.

À ces mots, un autre ronronnement s'éleva. Je haussai les épaules. L'important était de ramener le gobelin pour qu'il nous apporte son soutien dans le combat qui se préparait.

– C'est entendu, lançai-je. Ce sera un pacte entre toi et moi.

Le crissement des griffes invisibles sur le bois recommença. Ce que je lus alors me consterna :

Cette fois ça te coûtera plus cher.

L'Épouvanteur avait raison. Le gobelin ne se satisferait pas des termes de l'ancien contrat. Je réfléchis rapidement. Que pouvais-je lui offrir d'alléchant ? Soudain, j'eus une inspiration. Le gobelin voyageait le long des leys, et plusieurs se croisaient sous la maison, menant dans diverses directions.

– Tu tueras toute créature de l'obscur qui pénétrera dans le jardin, dis-je. Mais je te réserve une autre tâche : lorsque je combats l'obscur, je me trouve parfois en grand danger. En ce cas, je t'appellerai à mes côtés. Tu massacreras mes ennemis et t'abreuveras de leur sang. Comment t'appelles-tu ? Je dois le savoir afin de pouvoir t'appeler.

Le crissement de griffes se fit attendre un long moment. Sans doute le gobelin était-il réticent à l'idée de révéler son nom.

Enfin, il y consentit :

Kratch !

– Très bien, Kratch ! Si je suis en danger, je t'appellerai trois fois par ton nom.

Un sourd ronronnement me répondit. Je m'aperçus alors que je devais imposer une dernière condition :

– En plus de tout ce que tu ne dois pas toucher dans le jardin, il y a trois chiens. Ils sont nos alliés. Et tu ne feras aucun mal à quiconque j'inviterai à entrer !

Le ronronnement s'intensifia, et le crissement reprit :

Combien de temps durera ce pacte ?

La réponse fusa dans ma tête, comme si quelqu'un me l'avait soufflée :

– Il durera jusqu'à trois jours après ma mort. Pendant tout ce temps, tu protégeras mes alliés et tu boiras le sang de mes ennemis. Après quoi, tu seras libre de partir.

Le gobelin se matérialisa dans la pénombre, sous l'apparence d'un gros chat roux. Une cicatrice verticale barrait son œil aveugle – sans doute le souvenir d'une blessure reçue lors de l'attaque du Fléau. Il s'avança et vint se frotter contre ma jambe en ronronnant. Puis, d'un coup, il disparut.

– Tu as réussi, Tom ! s'exclama Alice.

Je lui souris, plutôt content de moi :

– On n'en sera pas sûrs tant qu'on ne sera pas rentrés, mais j'ai bon espoir.

– Tu penses vraiment faire appel au gobelin pour te secourir ? Ça laisserait la maison sans protection...

– C'est vrai. Je ne le ferai que si ma vie est en grand danger. Et en aucun cas s'il s'agit d'affronter Siscoï !

En repassant par le village, nous prîmes les bâtons chez le forgeron. Comme d'habitude, il avait fait un excellent travail, et je le payai aussitôt. Puis nous fîmes le tour des commerçants pour collecter les légumes, le bacon, le jambon, les œufs et le pain tout juste sorti du four.

Je me chargeai du lourd sac de provisions tandis qu'Alice portait les trois bâtons.

J'aurais dû me sentir un peu plus en sécurité en approchant de Chipenden, or mon inquiétude grandissait. On avait sûrement été suivis après notre départ de Todmorden ; les serviteurs du Malin ne devaient pas être loin.

Alors que nous remontions vers la maison, une silhouette apparut, et mon cœur fit une embardée. Puis je reconnus Grimalkin. La tueuse s'appuyait à un arbre. Le sac de cuir dont elle ne se séparait jamais pendait à son épaule.

Elle sourit, dévoilant ses dents pointues :

– Tu as réussi ! J'étais partie flairer une éventuelle approche de nos ennemis. À mon retour, à peine avais-je mis un pied dans le jardin que j'étais accueillie par un grondement menaçant. Le gobelin a repris son poste et il a soif de sang ! Je ne suis pas vraiment la bienvenue !

Nous suivîmes le sentier jusqu'à la grille du jardin. Là, je lançai à travers les buissons :

– À mes côtés se tient Grimalkin ; elle est mon invitée. Laisse-la franchir le seuil et témoigne-lui le même respect qu'à nous !

Après une brève pause, je pénétrai prudemment dans le jardin avec mes compagnes. Aucun grognement ne se fit entendre. Le gobelin respectait les termes du contrat. Je n'avais pas besoin de lui parler d'Alice – l'Épouvanteur l'avait fait auparavant. Judd n'avait rien à craindre lui non plus : les anciens apprentis ayant achevé leur formation pouvaient entrer en toute impunité.

– Avez-vous détecté une quelconque présence de nos ennemis ? m'enquis-je tandis que nous approchions de la maison.

Grimalkin secoua la tête :

– Pas la moindre. J'ai poussé jusqu'à Accrington. Rien. À moins que les sorcières ne se manifestent sous forme de sphères, ils n'attaqueront probablement pas avant l'aube.

En entrant dans la cuisine, je vis que l'Épouvanteur avait reçu livraison d'une nouvelle table et de six chaises. Il était debout, une main appuyée sur le dossier d'un siège, un léger sourire aux lèvres.

– Vous vous sentez mieux ? demandai-je.

– Beaucoup mieux, petit ! Tu as rapporté les provisions – il désigna du menton le sac que je venais de déposer sur le sol –, et tu as su ramener le gobelin. Il nous préparera le petit déjeuner demain matin, comme au bon vieux temps !

Judd reparut environ une heure avant la tombée de la nuit, après s'être acquitté de sa mission auprès des militaires de Burnley. Le récit de morts inexpliquées, survenues ces derniers mois, était parvenu aux oreilles du commandant. Ce que lui apprenait le jeune épouvanteur l'avait rapidement convaincu. Il enverrait des hommes à Todmorden, mais pas avant un jour ou deux. Toutes ses troupes disponibles pourchassaient les gangs de voleurs qui occupaient Clitheroe depuis la fin de la guerre. Elles auraient vite fait de restaurer l'ordre là-bas, néanmoins, elles n'avaient aucune expérience de la lutte contre l'obscur. Si je nourrissais quelques craintes quant à leur réaction devant ce qui les attendait à Todmorden, je préférai les garder pour moi. Il serait certainement utile que l'un de nous conseille les soldats. Pour le moment, notre priorité était de survivre à cette nuit.

Nous la passâmes dans le jardin. Ce n'était pas trop inconfortable, la température étant relativement douce à cette époque de l'année. Quoique toujours faible, l'Épouvanteur tenait sur ses jambes, et il me félicita encore d'avoir ramené le gobelin. Je n'eus pas le cœur de lui dire que la créature avait conclu le nouveau pacte avec moi. Ça n'aurait rien changé à la situation, il était donc inutile qu'il l'apprenne.

Nous instaurâmes des tours de garde. Mais, éveillés ou endormis, l'Épouvanteur, Judd et moi ne quittâmes pas nos bâtons. Je veillai le premier, patrouillant autour du jardin à la lisière des arbres. Pour passer le temps, j'allai vérifier dans la partie est que les sorcières mortes étaient dûment entravées dans leurs fosses. Je fis de même pour les gobelins. Tout allait bien.

Je me sentais calme, sûr que le gobelin saurait régler son compte à tout strigoï importun. Ma plus grande crainte était que les sorcières aient déjà fait entrer Siscoï dans notre monde, et qu'il surgisse pour reprendre la tête du Malin. J'espérais que le sel et la limaille de fer que nous avions déversés dans le puits sanglant suffiraient à le retarder.

Grimalkin prit le deuxième tour, et je m'efforçai de dormir. Je finis par m'assoupir, puis je m'éveillai en sursaut. J'eus vaguement conscience que quelqu'un d'autre montait la garde quand un terrible hurlement me fit bondir sur mes pieds.

Un intrus avait pénétré dans le jardin, et le gobelin le défiait.

21

Des orbites vides

Je me mis aussitôt en position de défense, le bâton à la main. Près de moi, mon maître se relevait péniblement. Je dus le soutenir jusqu'à ce qu'il soit debout. Quelqu'un courait entre les arbres. À son allure, je reconnus Grimalkin, qui fonçait vers la source du danger, tandis que le gobelin rugissait de nouveau.

Alice était à mes côtés, seul manquait Judd Brinscall. Il était de garde et pouvait se trouver n'importe où dans le jardin.

– Je vais voir si Judd va bien, dis-je.

– Non, petit, reste ici, ordonna mon maître. S'il est en difficulté, le gobelin est en alerte et la tueuse va lui prêter main-forte.

– Il a raison, Tom, déclara Alice – pour une fois d'accord avec l'Épouvanteur.

Soudain, le gobelin poussa un troisième rugissement, suivi d'un piaillement aigu qui se tut d'un coup. Puis quelqu'un courut vers nous. D'un même geste, l'Épouvanteur et moi levâmes nos bâtons. Ce n'était que Judd.

– J'étais dans le jardin ouest, nous apprit-il. Tout va bien là-bas. Mieux vaut laisser faire le gobelin.

– Oui, c'est le plus sage, approuva l'Épouvanteur, bien que la tueuse n'ait pu s'empêcher d'intervenir. L'attaque est venue du sud. Nous en saurons davantage dans un instant.

Le silence était retombé, le vent lui-même s'était tu. Nous restâmes en alerte, prêts à affronter le danger. Cinq minutes plus tard, Grimalkin apparaissait entre les arbres.

– C'était un strigoï, confirma-t-elle. Le gobelin lui avait réglé son compte avant que j'arrive. Il semblait plutôt dégoûté par le drôle de gibier qu'il avait attrapé et s'appliquait à le mettre en pièces.

Nous nous réinstallâmes devant les braises de notre feu, mais plus personne n'avait envie de dormir. Une autre attaque était probable.

Elle se produisit moins d'une heure plus tard. Alice renifla soudain bruyamment à trois reprises.

– Les sorcières ! Elles sont tout près ! s'écria-t-elle en sautant sur ses pieds, le doigt pointé vers l'est.

Nous nous levâmes tous, les yeux tournés dans la direction qu'elle avait indiquée. La nuit était claire, le ciel étincelait d'étoiles. Parmi elles, des points de lumière semblaient bouger... J'en comptai huit, qui filaient droit sur nous. Ils formèrent rapidement des sphères bien visibles, qui restèrent en suspens au-dessus du jardin est avant d'entamer leur danse virevoltante.

La mine sombre, Judd et l'Épouvanteur tenaient leurs bâtons en diagonale, des armes bien dérisoires face à la magie animiste des sorcières roumaines, qui allaient aspirer notre énergie vitale.

Grimalkin chuchota quelque chose à l'oreille d'Alice, et celle-ci approuva de la tête. Je les soupçonnai de vouloir utiliser la magie contre les assaillantes.

Les sphères cessèrent leur danse et piquèrent droit sur nous, ce qui tira au gobelin un effroyable hurlement de colère et de défi.

Un éclair rouge fila vers les sorcières, qui se dispersèrent avant de se rassembler de nouveau pour attaquer. Avec le même rugissement menaçant, le gobelin s'élança dans les airs. Des cris stridents retentirent, suivis par des crépitements de lumière. Les sphères se retirèrent au-dessus des arbres. À présent, elles n'étaient plus que cinq, qui se dispersèrent chacune de leur côté.

– C'est presque trop facile, observa l'Épouvanteur. Le gobelin les a eues par surprise, mais les rescapées peuvent tenter une seconde attaque à tout instant. Elles trouveront sans doute un moyen de repousser cet adversaire imprévu.

Nous reprîmes notre place près du feu, tendus, inquiets. Rien ne se passa, et les premières lueurs de l'aube teintèrent bientôt l'horizon de rose. Nous nous rendîmes dans le jardin sud pour évaluer les conséquences de l'intrusion. Les restes du strigoï étaient dispersés un peu partout : le crâne était dans un arbre, empalé sur une branche, des brindilles jaillissant de ses orbites vides.

– Ramassons le plus d'ossements possible, dit mon maître, et enterrons-les. Après tout, ce sont ceux d'un être innocent.

Je retournai à la maison et finis par dénicher une pelle qui avait survécu à l'incendie. Son manche était brûlé, mais il tenait encore. Je m'en servis pour creuser une tombe sous les arbres. Nous y déposâmes tous les os que nous avions pu trouver, et je les recouvris de terre. Nous restâmes un moment, les yeux fixés sur le sol fraîchement remué. Puis, à voix basse, l'Épouvanteur prononça :

– Repose en paix !

C'était la seule oraison funèbre qu'il était capable d'offrir.

– Le gobelin l'a démembré ainsi parce qu'il s'est senti berné, fit-il alors remarquer. Le strigoï ne lui a fourni qu'un sang « d'occasion », pris à l'une de ses victimes. Notre ami aime boire frais. Espérons qu'il est d'humeur à nous préparer un petit déjeuner !

Quand nous entrâmes dans la cuisine, cinq assiettes d'œufs au jambon fumaient sur la table et une pile de tartines beurrées nous attendait sur un plat. Nous nous attablâmes aussitôt. Le bacon était un peu trop cuit, mais nous avions trop faim pour faire la fine bouche.

Enfin, l'Épouvanteur repoussa son assiette et nous regarda tour à tour avant de plonger ses yeux dans les miens :

– À présent, parlons de ce qui vient de se passer.

Il s'adressa à Alice :

– Je te l'ai déjà demandé, jeune fille, et je répète ma question : es-tu prête à retourner dans l'obscur pour en rapporter ce dont nous avons besoin ?

– Il y a sûrement un autre moyen, me récriai-je avant qu'Alice ait eu le temps d'ouvrir la bouche. Je ne la laisserai pas prendre ce risque !

– Je ne saurais te reprocher de vouloir la protéger, petit. Mais nous connaissons l'enjeu. Jusqu'où sommes-nous prêts à aller pour atteindre notre but ?

– Nous ferons tout ce qui est nécessaire, intervint Grimalkin.

Se levant, elle tapota le sac de cuir :

– Combien de temps devrai-je encore transporter ça ? Viens avec moi, Alice ! Je veux te parler seule à seule.

Alice suivit la tueuse dans le jardin, nous laissant face à nos assiettes vides.

– Avant d'en finir avec le Malin, reprit l'Épouvanteur, nous devons d'abord régler la situation actuelle. Et c'est urgent. Nous sommes en relative sécurité entre les limites de ce jardin, mais qu'en est-il des pauvres gens, au-dehors ? Ceux qui vivent à l'est du Comté, non loin de Todmorden, sont peut-être déjà en danger de mort. Notre devoir nous impose de leur venir en aide.

– Vous voulez retourner là-bas ? s'exclama Judd. Je savais qu'il le faudrait, mais pas si tôt...

L'Épouvanteur secoua la tête :

– Je ne me sens pas assez fort pour entreprendre un tel voyage dans l'immédiat. Quant à être performant une fois sur place... Ça me désole, mais c'est ainsi. Les soldats de Burnley ne vont pas tarder à se mettre en route ; seulement, ils n'ont aucune expérience de la lutte contre l'obscur. Il faudra les conseiller. Acceptes-tu d'y aller, Judd, et d'emmener Tom avec toi ? Je ne vous demande pas de traverser la rivière ; du moins pourrez-vous secourir les habitants sur la rive du Comté. Les maisons isolées, dans les faubourgs de la ville, seront les premières attaquées. Ces gens-là auront besoin de vous.

– Ils ne nous accueilleront pas à bras ouverts, commenta Judd, car ils ne s'intéressent qu'à leur propre survie. Mais, bien sûr, on ira !

J'approuvai sa décision. Mieux valait agir qu'attendre sans savoir à quelle sauce nos ennemis allaient nous manger.

Dans le silence qui suivit, je songeai à Alice et à Grimalkin : où étaient-elles parties ? Et que pouvaient-elles bien se dire ? Soudain, une cloche sonna au loin. Quelqu'un, au carrefour des saules, réclamait les services de l'Épouvanteur. Habituellement, j'allais m'enquérir du problème : il pouvait s'agir d'un gobelin irascible ou d'un fantôme récalcitrant. Il arrivait que les gens aient peur sans raison, mais parfois toute une famille se trouvait en danger, et mon maître s'en occupait aussitôt.

– Va voir ce que c'est, petit, me dit-il.

– Je l'accompagne, décida Judd. C'est peut-être une ruse pour attirer l'un de nous hors du jardin.

– Tu as raison, acquiesça l'Épouvanteur. À deux, ce sera plus sûr.

Nous prîmes le chemin menant au carrefour des saules.

– On se croirait au bon vieux temps, plaisanta Judd. Quand je descendais ce sentier, jeune apprenti, j'avais les nerfs à fleur de peau, me demandant quelle tâche d'épouvanteur nous attendait !

– Moi aussi, avouai-je.

Nous avions traversé le pré et marchions à présent sous les arbres. De gros nuages de pluie accouraient de l'ouest, plus noirs à chaque seconde. La cloche sonna de nouveau.

– Au moins, notre client n'est pas parti, souligna Judd. Parfois, les gens paniquent et font demi-tour.

– Certains ont plus peur de nous que d'un gobelin, renchéris-je.

Nous partîmes d'un éclat de rire qui s'étrangla aussitôt. Car, en dépit de l'obscurité, nous venions de voir qui agitait la cloche.

C'était la ravissante jeune femme qui nous avait attirés à Todmorden, Dame Cosmina Fresque. Ou plus exactement le démon qui avait pris possession de son corps.

– Je vous apporte un message, une chance de survivre, nous lança-t-elle en lâchant la corde.

La cloche continua de se balancer dans le vent et tinta encore quelques coups avant de se taire.

Nous approchâmes prudemment, nos bâtons en diagonale. Les lames rétractables sortirent avec un *clic* !

– Remettez-nous la tête de notre maître, le Malin ! déclara la strigoïca. Nous retournerons chez nous ; vos maisons seront en sécurité, et votre peuple pourra mener sa petite vie tranquille.

– Et si on refuse ? l'interrogea Judd.

Nous avancions toujours, et la créature n'était plus qu'à une dizaine de pas. Elle se tenait derrière la corde de la cloche, le dos contre un arbre. Je regardai Judd du coin de l'œil et vis des larmes rouler sur ses joues. C'était peut-être un démon, mais il avait le corps et le visage de la jeune fille qu'il aimait.

– Alors, ce pays deviendra le territoire des morts-vivants : nous le gouvernerons en nous abreuvant à notre gré du sang de ses habitants.

– Voici notre réponse ! s'écria Judd.

Il pointa sa lame vers la strigoïca, qui s'écarta vivement. Mais, selon la technique que nous avait enseignée l'Épouvanteur, il fit passer le bâton de sa main gauche à sa main droite avant de le projeter dans la poitrine de la créature.

Clouée à l'arbre, elle poussa un cri perçant. Un flot de sang jaillit de sa bouche, éclaboussant ses chaussures. Ses yeux roulèrent dans leurs orbites. Un frisson la secoua tout entière et elle s'affaissa. Elle serait tombée sur le sol si la lame ne l'avait retenue solidement contre le tronc du saule. L'alliage d'argent lui avait transpercé le cœur. Presque aussitôt, un tourbillon de lumière orangée monta de son corps, flotta un instant puis s'éleva dans les airs et fila vers l'est.

Nous restâmes là un instant, à fixer le cadavre de Cosmina. Puis Judd se tourna vers moi, les larmes aux yeux :

– Accorde-moi une faveur, Tom ! Retourne à la maison et rapporte-moi une pelle ! Je voudrais enterrer sa dépouille.

Je repartis donc, expliquai brièvement à l'Épouvanteur ce qui était arrivé, allai prendre la pelle au manche noirci rangée sous l'auvent et revins en hâte au carrefour des saules. Je trouvai Judd à genoux, tenant la main de la morte.

– Je creuserai, si tu veux, lui proposai-je.

Il se releva en secouant la tête :

– Non, Tom, c'est à moi de le faire. Merci pour la pelle. Rentre à la maison, je te rejoindrai dès que j'en aurai terminé.

Je ne partis pas tout de suite. Le démon n'était peut-être pas venu seul. Je me dirigeai vers les arbres pour observer Judd de loin. Il creusa la tombe au pied du saule et y déposa le corps de Cosmina. Soudain, avec un cri désespéré, il abattit la lame de son bâton. Il avait coupé la tête du cadavre, en sorte qu'aucun démon ni aucune autre entité ne puisse plus jamais en prendre possession. Je l'entendis sangloter tandis qu'il remplissait la fosse de terre. Il la recouvrit de pierres pour empêcher les chiens ou les bêtes sauvages d'exhumer le corps. Puis il s'agenouilla, tête baissée, devant la sépulture ; alors seulement je repris le chemin de la maison.

Il venait d'accomplir une tâche bien pénible. Et moi, qu'est-ce que j'éprouverais si je devais sacrifier Alice ? Je n'osais même pas y penser. Le temps passait.

Il me fallait trouver un moyen de détruire le Malin sans qu'elle ait à le payer de sa vie. Mais, si ma mère, aussi puissante soit-elle, ne m'en avait pas indiqué d'autre, par quel miracle en inventerais-je un ?

22

Laissez-les venir à nous!

Le lendemain, peu après midi, laissant l'Épouvanteur avec le gobelin et les chiens, Grimalkin, Alice, Judd et moi prîmes pour la deuxième fois la route de Todmorden.

Quand nous quittâmes le jardin, Alice se plaça à mes côtés.

– Tiens, dit-elle. C'est pour le vieux Gregory. Je l'ai rédigé moi-même.

Avec un sourire, elle me tendit un volume dont je déchiffrai le titre :

Les secrets des conventus de Pendle.

– J'y révèle les recettes les plus noires, connues des seules sorcières. Les épouvanteurs eux-mêmes les ignorent. Ça vous sera très utile. Ton maître ne l'accepterait pas de ma part. Si c'est toi qui le lui remets, il lui accordera peut-être une place dans sa nouvelle bibliothèque.

– Merci, Alice, dis-je en le rangeant dans mon sac. Je le lui donnerai dès notre retour, ainsi que les cahiers sur lesquels j'ai pris des notes. Tout peut nous aider. Mais j'ai une question à te poser : de quoi avez-vous parlé, hier, Grimalkin et toi ?

– Ce sont des affaires de femmes, Tom. Ça ne te concerne pas.

Je la dévisageai, à la fois ennuyé et blessé.

– Tu n'aimes pas que je te fasse des cachotteries, hein ? reprit-elle. Mais toi, est-ce que tu me dis *tout* ?

J'en restai coi. En savait-elle plus que je ne croyais ?

Avant que j'aie pu répliquer, elle partit devant à vive allure en compagnie de Grimalkin. De toute façon, bien que cette conversation m'ait attristé, je trouvai préférable de ne pas la questionner davantage.

Le ciel était gris ; malgré une bruine légère poussée par le vent d'ouest, il faisait doux. C'est ce qu'on appelle, dans le Comté, un temps printanier. Je jetai un coup d'œil à Judd, qui avait encore l'air bouleversé. Allongeant le pas, il me rattrapa et me posa la main sur l'épaule :

– Cosmina repose en paix. J'espérais cela depuis longtemps. Je crois avoir enfin tourné la page.

– Que feras-tu, après ? Tu retourneras en Roumanie ?

– Non. J'ai eu mon compte de voyages. Je reprendrai peut-être la place du pauvre Bill Arkwright, au nord de Caster.

– Excellente idée ! approuvai-je. Tu ne manqueras pas d'ouvrage, avec toutes ces sorcières d'eau ! À ma connaissance, personne ne s'est occupé de cette région depuis plus d'un an. L'Épouvanteur m'a dit que Bill souhaitait léguer le moulin à son successeur. Tu auras au moins un toit au-dessus de ta tête.

Pendant ce temps, devant nous, Alice et Grimalkin étaient en grande conversation. Elles paraissaient tramer je ne sais quel plan, dont j'étais exclu. Puis, alors que nous contournions Accrington, elles ralentirent le pas.

– Grimalkin a quelque chose à te dire, Tom, m'annonça Alice.

La tueuse se dirigea vers un bosquet, sur la gauche de la route, et je la suivis.

– On vous attend ici ! lança Alice.

Pourquoi Grimalkin ne voulait-elle pas s'exprimer devant nos deux compagnons ? Se méfiait-elle de Judd à cause de sa précédente trahison ?

La tueuse s'arrêta au milieu des arbres et me fit face. Ôtant le sac de son épaule, elle le déposa sur le sol.

— Le Malin veut te parler, déclara-t-elle. À toi de décider si tu le lui permets ou non. Il va sûrement te menacer, chercher à t'intimider. Mais ça peut être instructif.

— Vous conversez avec lui ?

— Il nous arrive d'échanger quelques mots. Ces derniers temps, rien ne le tirait de son mutisme. Et voilà qu'il demande à te parler.

— Alors, voyons ce qu'il a à dire !

Nous nous assîmes sur l'herbe, et Grimalkin dénoua les cordons qui fermaient le sac. Empoignant la tête du Malin par les cornes, elle la déposa à terre, la face vers moi. J'eus un choc en la voyant. Elle me parut plus petite qu'au moment où elle avait été séparée du corps. Un de ses yeux n'était plus qu'une orbite suppurante, et la paupière de l'autre était cousue. Un bouchon de brindilles et d'orties lui emplissait la bouche.

— Qu'est-il arrivé à son œil ? m'étonnai-je.

— Je le lui ai pris en paiement de ce qu'il a fait subir à mes compagnes, répondit la tueuse. Je lui laisse l'autre encore un peu.

Avançant la main, elle lui retira son affreux bâillon. Aussitôt, la tête, qui jusque-là semblait morte, s'anima. La paupière cousue frémit, les mâchoires remuèrent, les lèvres s'entrouvrirent, découvrant des chicots jaunâtres.

– Tout aurait pu être si différent, Tom Ward, croassa le Malin. Nous aurions pu œuvrer ensemble ; mais tu m'as rejeté, tu m'as réduit à ce triste état. Tu vas me le payer très cher.

– Vous êtes mon ennemi, répliquai-je. Je suis venu au monde pour vous détruire.

D'une voix plus ferme, il lança :

– Bien sûr ! Telle est ta « destinée » ! Du moins, c'est ce qu'on t'a fourré dans la tête. Mais un tout autre avenir t'attend. Tu me crois impuissant ? Tu te trompes. Penses-tu qu'un œil crevé et une paupière cousue me rendent aveugle ? Mon esprit voit ce qu'il veut voir. Je vois tes points vulnérables. Je vois ceux que tu aimes et je sais comment leur faire du mal. Et un bâillon est impuissant à me réduire au silence. Je parle sans cesse à ceux qui me servent, et ils sont aussi nombreux que les étoiles. Ils sont prêts à tout pour moi. Abats-en un, un autre se lèvera pour te combattre. Tu finiras par rencontrer ton égal, et plus tôt que tu ne l'imagines.

– Des mots creux ! Du vent ! siffla Grimalkin en saisissant la tête par les cornes.

– Vous verrez ! cria le Malin. Tu es un septième fils et tu as six frères. Aujourd'hui même, l'un d'eux mourra entre les mains de mes serviteurs. Il sera *le premier* à souffrir. Et, avant peu, tu seras le dernier des fils de ta mère !

Je me relevai, vacillant d'angoisse à l'idée des menaces qui pesaient sur mes frères, tandis que Grimalkin bâillonnait la bouche hideuse et fourrait la tête dans le sac.

– Ne te laisse pas impressionner, me dit-elle. J'ai eu tort de te confronter à ça. On n'a rien appris de plus. Il aurait pu envoyer ses sbires contre ta famille à n'importe quel moment. Il fanfaronne pour te déstabiliser et détourner ton attention de la tâche à accomplir.

J'acquiesçai. À notre retour d'Irlande, trois semaines plus tôt, j'avais envoyé une lettre à la ferme, demandant des nouvelles de mon frère aîné, Jack, de sa femme, Ellie, et de leur petite fille. Je m'étais également enquis de mon frère James, qui vivait avec eux et travaillait comme forgeron. La réponse m'avait rassuré. Tout allait bien ; à part la perte de quelques têtes de bétail, la guerre les avait épargnés.

Seulement, nous étions bien loin de la ferme, à présent ! Et mes autres frères étaient dispersés à travers le Comté. Il ne me restait qu'à mettre mes inquiétudes de côté.

Nous rejoignîmes Alice et Judd. Je leur rapportai les menaces du Malin. Judd me témoigna sa sympathie, et Alice me pressa la main. Aucun de nous n'y pouvait rien.

– Où pensez-vous établir votre base ? s'enquit Grimalkin.

– Je propose qu'on s'installe à l'ouest de Todmorden, à l'écart de la ville, dit Judd. De là, on agira sans trop attirer l'attention.

– Attirer l'attention, c'est ce que nous voulons, au contraire ! s'exclama la tueuse avec fougue. Restons plutôt à l'auberge ! Attirons-les à nous ! Et, dès qu'on aura réduit leur nombre, on nettoiera ce nid de rats !

– Ce serait trop risqué, protesta Judd. En gardant nos distances, on en tuerait pas mal avant même qu'ils aient détecté notre présence.

– Oui, et on sauverait quelques personnes, concéda Grimalkin. Mais l'attaque ne tarderait pas. On serait vite repérés. Mieux vaut choisir nous-mêmes le lieu de l'affrontement. Ils abandonneront leur quête d'autres victimes pour récupérer ça !

Elle brandit le sac de cuir avant de reprendre :

– Ils viendront le chercher et ils mourront ! La lutte qui s'annonce n'en est qu'une de plus parmi toutes celles que nous avons menées contre les serviteurs de l'obscur. Je veux en finir pour entreprendre notre tâche essentielle : détruire le Malin. Et toi, Tom Ward, qu'en dis-tu ?

Je regardai Judd en haussant les épaules :

– Désolé, mais je suis d'accord avec Grimalkin.

– Moi aussi, déclara Alice.

– Eh bien, fit Judd en souriant, je m'incline devant la majorité. Que la bataille commence !

Nous marchâmes encore quelques heures. Les nuages s'étaient dispersés, et la nuit promettait d'être belle. Au coucher du soleil, nous dressâmes notre campement en bordure du chemin. Alice attrapa trois lapins, qui rôtirent bientôt sur une broche au-dessus du feu en dégageant un fumet appétissant.

Tout à coup, de sourds roulements de tambour s'élevèrent au loin. Ils se rapprochaient, et on distingua bientôt le son d'un fifre. Les soldats de Burnley marchaient vers Todmorden.

Quand il fut clair qu'ils venaient par ce chemin, Alice et Grimalkin se dissimulèrent sous les arbres. Il y avait eu autrefois des accrochages entre la troupe et les sorcières de Pendle, et certains hommes auraient pu identifier Grimalkin.

– Je n'ai jamais compris pourquoi ils portent des vestes de cette couleur, s'exclama Judd. Les épouvanteurs s'habillent en brun pour se fondre facilement dans le décor. Eux, on dirait qu'ils font tout pour être remarqués !

J'étais bien de son avis. Les uniformes écarlates des soldats du Comté les rendaient parfaitement repérables à travers les arbres. Nous courûmes à leur rencontre.

Ils étaient une trentaine de fantassins, menés par un officier à cheval, un homme corpulent à la figure rougeaude. Son apparence avait quelque chose de familier. Je le reconnus soudain à sa moustache noire : c'était le capitaine Horrocks, qui avait mené le siège de la tour Malkin. J'avais alors été son prisonnier, faussement accusé du meurtre du père Stocks. Se souviendrait-il de moi ? La guerre l'avait éloigné, et, après mon évasion, il m'avait sans doute oublié. D'ailleurs, j'étais plus âgé maintenant, j'avais grandi.

Quand il nous vit, le capitaine leva le bras, et la colonne fit halte. Le fifre et le tambour se turent. Seul le souffle du cheval emplit le silence. Je baissai la tête, évitant le regard du capitaine.

– On s'est déjà rencontrés..., fit-il.

Mon cœur rata un battement, et je faillis prendre la fuite. La sorcière Wurmalde qui avait tué le prêtre était morte, à présent, et rien ne prouvait mon innocence. Je pouvais encore être pendu pour un meurtre que je n'avais pas commis.

– Oui, je suis Judd Brinscall. Je suis venu rapporter à votre commandant ce qui se passait à Todmorden.

Comprenant ma méprise, je lâchai un soupir de soulagement.

– Et nous voilà embarqués dans cette partie de chasse ! reprit le capitaine d'une voix caustique. Vous, les épouvanteurs, prenez l'argent des pauvres gens crédules pour combattre de supposées forces obscures ; mais, à moi, on ne me la fait pas ! Les sorcières ne sont que des mendiantes et des crapules. Quant à votre histoire, c'est un conte à dormir debout !

Il éclata d'un rire sonore, puis il poursuivit :

— J'ai des ordres, je vais donc enquêter. Mais, si j'ai la moindre preuve que vous nous avez attirés ici sous de faux prétextes, je vous ramène à Burnley couvert de chaînes. Est-ce clair ?

— Des gens ont été tués, capitaine, répondit Judd avec calme. Et vous trouverez les assassins bien installés de l'autre côté du fleuve, comme je l'ai expliqué. Je vous conseille de dresser votre campement pour la nuit et de ne traverser qu'à l'aube. C'est aux heures nocturnes que nos ennemis sont le plus dangereux.

— Je ne nie pas qu'il y ait eu des morts, et, si nous mettons la main sur les coupables, justice sera faite. Mais épargnez-moi vos inepties ! J'ai fait la guerre, j'ai vu quantités de cadavres et des scènes de carnage qui me hanteront jusqu'à mon dernier jour. À côté de ça, ce qui nous attend à Todmorden, c'est de la broutille !

Judd ne fit pas de commentaire, et, avec un signe de tête dédaigneux, le capitaine Horrocks donna à ses hommes le signal du départ. Les uns souriaient, d'autres semblaient apeurés, surtout le pauvre petit tambour qui fermait la marche. Il frappa de nouveau sur son instrument tandis que le fifre reprenait ses notes aiguës. Quand la colonne eut disparu derrière les arbres, nous retournâmes à notre souper.

Nous fûmes debout à l'aube et partîmes vers Todmorden sans prendre de petit déjeuner.

Alors que nous traversions la lande, à quelque distance des faubourgs, nous croisâmes des gens en fuite qui se hâtaient dans la direction opposée, parfois des familles entières chargées de balluchons. Ils ne parurent guère heureux de nous voir. Certains venaient peut-être de la ville et savaient quelle part nous avions prise dans les récents évènements. La plupart réagissaient simplement à la vue de nos manteaux d'épouvanteurs. Tous ceux que nous tentions d'interroger s'écartaient avec colère.

– Ça va donc si mal ? demanda enfin Judd à un vieil homme qui avançait péniblement en s'aidant d'une canne.

– Ça ne peut pas aller plus mal ! s'écria-t-il. Ils tuent les enfants ! Ils tuent même les soldats bien armés. Qui nous protégera, maintenant ?

J'échangeai avec Judd un regard anxieux. J'espérais que seuls quelques hommes avaient été massacrés, peut-être une petite avant-garde qu'on avait envoyée en reconnaissance, et qui était tombée dans un piège. Or, c'était pire. Bien pire.

Le détachement avait campé au sommet de la colline, en vue de Todmorden. Tous les soldats étaient morts. Le capitaine gisait de tout son long, la tête entre ses bottes. Les braises des feux fumaient encore, et les malheureux étaient restés là où ils avaient été égorgés, à l'instant où ils se réveillaient; ceux qui avaient tenté de fuir n'avaient pas été bien loin. Les mouches bourdonnaient autour des cadavres, et l'odeur du sang me donna la nausée.

Nous passâmes sans un mot. Grimalkin regardait droit devant elle, le visage résolu. Elle avait si souvent vu la mort de près qu'elle s'était endurcie. De toute façon, nous ne pouvions plus rien pour eux, et nous n'étions pas assez nombreux pour les enterrer. L'armée viendrait s'en occuper, mais sans doute pas avant plusieurs jours.

Quand nous découvrîmes enfin la rive ouest du fleuve, la ville nous parut déserte. Bientôt nous marchions dans les rues pavées qui menaient à l'auberge. Nous y arrivâmes à l'instant où l'aubergiste s'apprêtait à verrouiller sa porte. Elle avait été réparée depuis notre départ.

– Vous n'irez nulle part! gronda Judd en le repoussant à l'intérieur.

– Vous avez un sacré culot de revenir! rouspéta le bonhomme. À cause de vous, le pacte est rompu. Nous avions obtenu le droit de vivre ici en toute sécurité pendant des années. À présent, nous ne sommes plus que de la viande...

– Qui parmi les habitants a signé ce pacte ? Étiez-vous l'un d'eux ?

Il acquiesça :

– On était trois, le maire, l'épicier et moi – les plus riches. C'était il y a deux ans, et les choses étaient bien différentes, alors. Je ne me doutais pas que ça se gâterait si vite. On a fait ça pour nos concitoyens, pour sauver des vies. La plupart des gens avaient trop peur d'approcher les étrangers. Nous, on a traversé le fleuve et on a signé l'accord de notre sang. C'était la meilleure chose à faire, étant donné les circonstances. Tant qu'on leur fournissait ce dont ils avaient besoin, ils nous laissaient tranquilles. Maintenant, je dois partir. Si je reste ici cette nuit, je suis mort. Dame Fresque a dit que j'étais le suivant sur leur liste.

Judd nous interrogea du regard, et nous hochâmes la tête : inutile de garder avec nous ce type terrifié ! Nous les jetâmes dehors, lui et son balluchon. Puis nous nous barricadâmes dans l'attente du premier assaut.

Dehors, le vent était tombé, la nuit était tiède. Nous nous installâmes dans la salle à manger sans allumer de feu, pas même une chandelle, laissant nos yeux s'accoutumer à l'obscurité.

Au bout d'une heure, des bruits se firent entendre : des reniflements, des grattements contre le bois de la porte, comme un chien quémandant qu'on lui ouvre. Puis un grognement s'éleva : la créature s'impatientait.

Soudain, la porte craqua, grinça sur ses gonds et s'incurva vers l'intérieur. L'attaquant était certainement un moroï dans le corps d'un ours. Nos ennemis l'avaient envoyé forcer l'entrée.

Grimalkin tira du fourreau une de ses armes de jet. Dès que la tête de l'ours apparaîtrait, la lame s'enfoncerait dans un de ses yeux. Mais, quand la porte céda, l'animal s'écarta d'un bond. La tueuse siffla de frustration entre ses dents pointues.

Le silence était revenu. Nous avions vue sur la rue et, à mi-distance, trois silhouettes approchaient. Deux d'entre elles, vêtues de capes, semblaient féminines ; la plus proche tenait une torche. Dans sa lumière dansante, je distinguai une bouche cruelle, des mains griffues. Des sorcières, sans aucun doute. Mais la troisième silhouette était celle d'un homme, les mains liées derrière le dos : l'aubergiste. Il n'avait pas réussi à fuir, en fin de compte. Il s'était fait prendre. La scène avait quelque chose de théâtral ; pourtant, ce n'était pas une pièce qui se jouait là, mais bien la vie ou la mort d'un homme.

– Voyez ce qui arrive à ceux qui nous défient ! aboya la porteuse de torche.

Ce qui suivit me parut totalement irréel. Une forme descendit du ciel et se posa devant le prisonnier. Comment était-ce possible ? Les sorcières ne volent pas ! L'idée qu'elles chevauchent des balais n'est qu'une superstition idiote.

– Non ! hurla l'aubergiste d'une voix déformée par la terreur. Ce n'est pas ma faute. Épargnez-moi, je vous en supplie ! Laissez-moi la vie, Seigneur ! J'ai toujours fait ce que vous demandiez. J'ai été généreux. J'ai donné...

Il y eut alors un cri suraigu, tel celui que poussaient les cochons lorsque Snout, le boucher, les égorgeait dans notre ferme. Il flotta un moment dans les airs, puis diminua et se tut. Le bonhomme tomba à genoux avant de s'affaisser, face contre terre.

Une arme à la main, Grimalkin fit un pas en avant comme pour attaquer. Nous allions la suivre quand nos ennemis prirent l'initiative.

L'être venu du ciel s'avança vers nous d'une démarche étrange, comme s'il glissait. Il se rapprocha jusqu'à occuper toute l'ouverture de la porte.

S'emparant d'une chandelle, Alice marmonna une formule qui alluma la mèche. Depuis que j'étais l'apprenti de l'Épouvanteur, j'avais vu bien des horreurs. Or, celle qui se tenait devant moi, dans la lueur vacillante de la chandelle, les surpassait toutes. Elle eut sur moi un effet déplorable. Je me mis à trembler, le cœur battant à en exploser. Mais, de nous tous, Judd fut le plus horrifié par cette manifestation.

Une femme flottait devant nous. Elle semblait nue, mais le plus effrayant était son espèce de transparence. La flamme de la chandelle éclairait ce qu'il y avait derrière elle. Sa forme était changeante, car elle ne possédait ni chair ni os, mais elle était remplie – le mot *gonflée* conviendrait mieux – de sang. Deux traces blêmes marquaient son enveloppe de peau : une cicatrice horizontale autour du cou, là où la tête était rattachée au corps, et des marques de couture à l'emplacement du cœur.

C'était la peau de Cosmina.

La bouche remua, et il en sortit un grondement sourd, masculin :

Je suis Siscoï, le Seigneur du Sang, le Buveur d'Âmes. Soumettez-vous, ou vous souffrirez des tourments comme personne n'en a connu ! Donnez-nous ce que nous voulons, et je me montrerai miséricordieux ! Votre mort sera rapide et sans souffrance.

Grimalkin projeta un poignard à la gorge de la grotesque silhouette, mais la lame ricocha, comme détournée par un bouclier invisible.

23
De minuit à l'aube

S'il s'agissait vraiment de Siscoï, ce n'était pas ainsi que je l'avais imaginé. Il ne s'était pas créé un corps à partir du sang et de la viande déversés dans le puits. Ça évoquait plutôt une bizarre forme de possession – bien que l'enveloppe de peau soit remplie de sang, pris sans doute en partie à l'aubergiste mort. Le dieu aurait certainement envie de goûter au nôtre ; nous étions tous en grand danger.

Serrant mon bâton, je me préparai à l'attaque. Je me concentrai, dans l'intention d'utiliser mon don le plus efficace : celui de ralentir le cours du temps. Je l'avais employé avec succès au moment d'entraver le Malin, pourtant bien plus puissant que tous les Anciens Dieux. J'étais sûr que ça marcherait. Or, j'avais à peine entamé le processus que Grimalkin aboya :

— Occupe-toi de lui, Alice !

Aussitôt, celle-ci leva la main gauche et se mit à réciter une incantation. Alors, nous prenant tous par surprise, Judd bondit et, avec un hurlement à vous glacer le sang, planta la lame de son bâton dans le corps, à l'endroit exact où il avait précédemment transpercé le cœur de Cosmina.

Je m'attendais à voir sa lame violemment repoussée, mais elle pénétra l'enveloppe de peau. Il y eut une explosion de sang, et j'en fus aspergé. Aveuglé, je m'essuyai les yeux. Je vis alors, à travers la pluie rouge dégoulinant du plafond, Judd agenouillé sur le plancher, secoué de sanglots. Il fixait les lambeaux de peau ensanglantée qui avaient été autrefois Cosmina.

Les deux sorcières qui avaient accompagné Siscoï s'enfuirent. Il n'y eut pas d'autre attaque cette nuit-là.

À l'aube, nous utilisâmes l'huile d'une lampe pour brûler la peau. Elle se tordit sur les pavés en dégageant une odeur infecte ; mais cela devait être fait. Judd n'était pas prêt à enterrer une seconde fois la dépouille de sa bien-aimée.

Nous restâmes accroupis en silence jusqu'à ce que ce soit terminé. Le ciel gris lâchait une pluie fine qui lavait nos visages et nos cheveux poissés de sang.

– Tu te sens capable d'en parler ? demandai-je à Judd. C'était Siscoï ? Était-ce une sorte de possession ?

Il hocha la tête :

– Oui, c'était une possession. Siscoï a le pouvoir d'animer la peau d'un cadavre fraîchement enterré. Mais ses serviteurs doivent d'abord ôter les os et détacher la peau des muscles. Le dieu peut alors rendre visite aux proches parents du défunt, se délectant de leur douleur. Au début, la peau qu'il habite est seulement gonflée d'air. Puis, à mesure qu'il s'abreuve, elle devient rouge, colorée par le sang des victimes. Le procédé implique l'usage d'une puissante magie noire. Mais, que je l'aie détruit ou pas, il n'aurait pas pu rester sous cette forme très longtemps, pas plus de quelques minutes.

– Comment expliques-tu que ta lame ait réussi là où la mienne a échoué ? l'interrogea Grimalkin.

– Ceux qui ont aimé la personne décédée ont le pouvoir de mettre fin à la possession. On a même vu une veuve affligée y réussir avec ses aiguilles à tricoter. Bien sûr, habituellement, les endeuillés ne se battent pas. Siscoï les vide de leur sang, et ils meurent.

– Ta lame l'a-t-elle blessé ? voulut savoir Alice. Ses forces seront-elles un peu diminuées ?

Judd fit un signe de dénégation :

– Il a sans doute ressenti une forme de douleur ; ça ne fera qu'attiser sa fureur. Il peut prendre brièvement possession d'un vivant ou d'un mort grâce à la magie noire. Mais il est bien plus redoutable quand il anime un corps formé avec l'aide des sorcières. Il aura de minuit jusqu'à l'aube pour perpétrer ses forfaits. J'aimerais autant ne pas être dans les parages à ces heures-là...

– En ce cas, tu ferais mieux de retourner à Chipenden, déclara Grimalkin.

Judd en écarquilla les yeux de stupeur. Puis il rugit avec colère :

– Je ne suis pas un lâche ! Je fais état de la situation, rien de plus. Je tiendrai ma place. Même si je suis sûr que nous allons tous mourir.

Grimalkin lui sourit sans découvrir ses dents :

– Personne ne met ton courage en doute, en dépit de ta récente trahison. Tu as traversé des épreuves qui en auraient brisé plus d'un. Mais tu as assez souffert. Retourne auprès de John Gregory. La maison et le jardin pourraient subir bientôt une attaque.

Judd ouvrit la bouche pour protester, et resta coi. Du coin de l'œil, je vis qu'Alice marmonnait entre ses dents.

– Vous avez raison, acquiesça alors Judd, une curieuse expression sur le visage. M. Gregory aura besoin d'aide. Il est peut-être en danger, tandis que nous parlons. Je ferais aussi bien de le rejoindre ; autant que je sois là-bas le plus vite possible !

J'étais contrarié : Alice avait usé de magie pour le faire changer d'avis. Voyant que je m'apprêtais à intervenir, elle posa un doigt sur ses lèvres en souriant. Je ne savais qu'en penser. La présence de Judd me paraissait plus utile ici. D'un autre côté, Alice avait sûrement une bonne raison d'agir ainsi. Je pris donc le parti de me taire. Cinq minutes plus tard, après avoir rassemblé ses affaires, Judd nous saluait brièvement et repartait vers Chipenden.

– Pourquoi ? demandai-je quand nous fûmes rentrés dans l'auberge. On n'est déjà pas très nombreux...

– À nous trois, nous possédons la vitesse, les talents et le pouvoir de faire ce qui doit être fait, répondit Grimalkin. Tu as la Lame du Destin et le Tranche Os, ainsi que les dons hérités de ta mère. Alice manie une magie redoutable, et je suis Grimalkin. Je l'ai éloigné par pure bonté – une qualité dont je fais rarement preuve. Mais, en dépit de ses erreurs passées, Judd est un épouvanteur compétent et un ennemi juré du Malin. Il doit vivre pour servir notre cause plus tard si cela s'avère nécessaire. Avec nous, il aurait toutes les chances de mourir. Cette nuit, nous devons empêcher Siscoï d'entrer dans notre monde.

– Cette nuit ? m'exclamai-je. Je croyais que nous devions attendre l'attaque de nos ennemis pour les affaiblir autant que possible !

– Quelque chose d'autre est en train de grandir dans le puits sanglant, Tom, me dit Alice. Cette nuit, les sorcières survivantes vont combiner leurs forces pour ouvrir le portail et permettre à Siscoï d'animer ce nouvel hôte.

– Comment le sais-tu ?

– Par scrutation, déclara Grimalkin.

– Tu sais faire ça ?

Alice fit signe que oui, la mine grave.

– C'est un des talents qu'elle a longtemps cachés, ajouta la tueuse. La scrutation n'est jamais tout à fait sûre ; de constantes variations affectent les résultats. Mais les informations d'Alice me paraissent fiables. Ces sorcières ne se montrent que rarement en chair et en os. Elles préfèrent apparaître sous forme de sphères de lumière au-dessus des arbres. Or, cette nuit, c'est différent : pour ouvrir le portail, elles doivent se rassembler, et Alice a découvert l'endroit qu'elles ont choisi. Nous les tuerons toutes.

– Elles vont utiliser la maison où vivaient Dame Fresque et son compagnon strigoï, révéla Alice.

Ça semblait logique. Judd m'avait appris que les sorcières roumaines n'aimaient pas introduire leurs semblables dans leur propre demeure.

– Cette maison change de forme, dis-je. Ça va nous compliquer la tâche. On ne sait jamais où on est avec certitude.

– On réglera le problème, trancha Grimalkin. Nous saurons bientôt qui possède les plus grands pouvoirs magiques : ces Roumaines ou les sorcières de Pendle.

Alice ne fit aucun commentaire, mais un petit sourire lui retroussait le coin des lèvres.

Les préparatifs nous occupèrent toute la journée. La ville était déserte, et nous quittâmes l'auberge pour élire provisoirement domicile à la forge. Là, Grimalkin affûta nos lames et s'en fabriqua trois pour remplacer celles qu'elle n'avait pu récupérer.

Je n'avais pas besoin d'aiguiser la Lame du Destin – son tranchant était toujours prêt –, mais je la nettoyai soigneusement, et les yeux de rubis étincelèrent plus que jamais. Le poignard ne nécessitait pas non plus de soin particulier, mais j'affûtai la lame rétractable de mon bâton.

Je montrai Tranche Os à Grimalkin ; elle le tourna et le retourna entre ses mains, l'examinant avec attention.

– C'est une arme formidable, dit-elle enfin, une réplique de l'épée en plus petit. Je me demande si le poignard resté dans l'obscur lui est semblable.

À ces mots, je jetai un coup d'œil à Alice, la gorge serrée à l'idée de la tâche qui l'attendait. Mais elle n'écoutait pas. Elle avait passé presque tout l'après-midi assise en tailleur sur le carrelage, les yeux fermés, indifférente au tapage de la forge. J'avais tenté de lui parler, et elle n'avait pas répondu. Il me semblait que son corps était là tandis que son esprit – et peut-être son âme – voyageait ailleurs. D'une façon mystérieuse, elle concentrait ses pouvoirs sur la bataille à venir.

Quand le crépuscule tomba enfin, nous étions prêts à nous rendre dans la sinistre demeure, en haut de la rue Torve.

24

Lâche !

– Alice, pourrais-tu dissimuler le sac ? demanda Grimalkin. Si le pire advenait et que nous ne revenions pas, je voudrais rendre sa découverte aussi difficile que possible. Ta magie est plus puissante que la mienne.

Ce n'était pas un mince compliment de la part de la tueuse, car, en plus de ses talents exceptionnels au combat, elle possédait un art consommé de la magie. Mais j'avais vu de mes yeux de quoi Alice était capable. Je me demandais quelle pouvait être l'étendue de ses pouvoirs. Alors que nous étions amis depuis plusieurs années, elle me cachait beaucoup de choses, et cela m'attristait.

Elle acquiesça et tendit la main vers le sac. À cet instant, on entendit un rire grossier, qui semblait venir du sol, sous nos pieds. Les dalles elles-mêmes vibrèrent.

– Voyons ce qui paraît si amusant à ce vieux fou! dit Grimalkin.

Elle dénoua les liens du sac, souleva la tête par les cornes et la déposa sur une enclume. Son apparence était plus hideuse que jamais. La peau de son front tombait en lambeaux et des furoncles avaient envahi sa figure, comme si sa malfaisance remontait à la surface.

Grimalkin ôta le bâillon de brindilles et d'orties. Cette fois, le rire sortit de la bouche du Malin et il se prolongea longtemps. La tueuse attendit patiemment. Je regardais les chicots des dents que Grimalkin lui avait brisées à coups de marteau quand nous l'avions entravé à Kenmare, les croûtes de sang séchées sur son visage. Il était en piteux état. Qu'est-ce qui l'amusait tant?

Quand le rire se tut enfin, Grimalkin déclara:

– Tu as l'air de bonne humeur. Tu n'as pourtant jamais été aussi proche de la défaite!

– Et toi, tu es bien arrogante, sorcière! gronda le Malin. Avec tes deux yeux, tu y vois moins bien que moi. Siscoï est le plus puissant de mes serviteurs ici présents. Il va bientôt me délivrer, et il vous videra de votre sang. Quelle imprudence tu commets, sorcière, en m'amenant si près de lui ! Tu n'aurais pas pu lui rendre la tâche plus facile !

– Imbécile ! rétorqua Grimalkin. Tu as déjà perdu beaucoup de tes serviteurs. Prépare-toi à en perdre un autre ! Ils sont morts ou ont été repoussés par ceux qui te font face aujourd'hui. Nous sommes tes ennemis les plus redoutables. Avant que la nuit s'achève, Siscoï sera détruit ou si gravement amoché qu'il ne te servira plus à grand-chose !

Le rire du Malin s'éleva de nouveau :

– Cela n'arrivera pas, sorcière, car vos espoirs de victoire reposent sur les frêles épaules d'un lâche. Le garçon a déjà pris la fuite, paniqué, devant mes serviteurs. Il recommencera.

Faisait-il allusion à ce qui s'était passé dans la cave de la maison de Dame Fresque ? Oui, j'avais été terrifié et j'avais filé en courant. Mais ensuite j'avais repris courage et j'y étais retourné. Je m'apprêtais à protester quand Grimalkin, un doigt sur ses lèvres, me fit signe de me taire.

– À minuit, ce garçon fera ce qu'il faut, répliqua-t-elle.

– Alors, voilà qui devrait lui donner matière à réflexion ! Comme je t'en avais averti, Thomas Ward, ton frère James est mort. Mes serviteurs lui ont tranché la gorge et l'ont traîné dans un fossé. Tu ne le reverras jamais en ce monde.

Le Malin était aussi appelé le Père du Mensonge, mais mon intuition me criait qu'il disait la vérité. Mon cœur était lourd comme du plomb. J'avais perdu un frère.

Empoignant la tête par les cornes, Grimalkin la porta jusqu'à la forge et la tint au-dessus des braises. Le Malin hurla, et une atroce odeur de chair brûlée m'emplit les narines. La tueuse prit tout son temps avant de le bâillonner et de le remettre dans le sac. Alors, elle confia celui-ci à Alice pour qu'elle le dissimule par magie.

*

Nous nous mîmes en route pour gagner la maison de Dame Fresque peu après onze heures. Notre intention était d'interrompre le rituel des sorcières et, si possible, de les tuer toutes.

Nous remontâmes la rue Torve, sous la haute voûte des arbres. Il faisait très sombre, mais mes yeux s'habituaient peu à peu à l'obscurité.

– Elles ne vont pas flairer notre approche ? demandai-je à voix basse.

Les sorcières de Pendle savaient en général se défendre contre ce genre de détection. Le septième fils d'un septième fils était également protégé; mais ces créatures roumaines étaient différentes. Nous ignorions l'étendue de leurs pouvoirs.

– Alice va nous camoufler, me dit Grimalkin. Nous les prendrons par surprise.

Je frissonnai. C'était une chance de combattre avec quelqu'un d'aussi formidable. Néanmoins, la pensée de ce dont Alice était capable me mettait de plus en plus mal à l'aise.

Soudain, des pas lourds annoncèrent que nous étions accompagnés.

– Un moroï! souffla Grimalkin en prenant un couteau.

– Ne gaspillez pas une lame! lui dis-je. Tant qu'on reste sur le chemin, on est en sécurité. Je possède mes propres armes, qui ne sont pas faites de métal. Judd Brinscall m'a enseigné le meilleur moyen d'écarter ce gêneur.

Je me penchai et arrachai deux grosses poignées d'herbe. Puis je les lançai vers la silhouette massive de l'ours. Il retomba aussitôt sur ses quatre pattes et se mit à flairer l'herbe dispersée.

– Ces élémentaux ont un comportement obsessionnel, expliquai-je. Il va compter et recompter chaque brin d'herbe. Il n'ira nulle part tant qu'il n'aura pas terminé.

Laissant le moroï à ses calculs, nous continuâmes notre chemin jusqu'à ce que la maison surgisse devant nous.

D'un geste de la main, Alice nous intima l'ordre de nous arrêter. Puis elle marmonna un sort entre ses dents. Un frisson glacé me courut le long du dos : elle usait de magie noire.

Enfin, elle se tut et inspira longuement.

– C'est fait, souffla-t-elle. Nous sommes invisibles aux yeux de nos ennemis.

Contournant l'arbre qui poussait au milieu du chemin, nous approchâmes de l'entrée. Je me rappelais Judd défonçant une porte d'un coup de botte. Mais des démons avaient élu domicile ici, faisant de cette maison un lieu d'illusions. La discrétion était préférable. Nous espérions prendre les sorcières par surprise.

La porte était verrouillée, mais ma clé spéciale eut vite raison de la serrure. Quelques instants plus tard, nous étions dans la bibliothèque. Elle était telle que nous l'avions découverte, mon maître et moi, lors de notre première visite. Autour de nous, les étagères couvertes de livres s'élevaient jusqu'au spectaculaire plafond en cône. Sur l'une des plus basses, un ouvrage attira aussitôt mon regard. Je le désignai à Grimalkin et à Alice. C'était le *Codex du Destin*.

– Détruisons-le tout de suite, dis-je. D'après Judd, il est la source des illusions qui gouvernent les lieux.

Grimalkin s'y opposa avec vigueur :

– Non ! On n'a pas le temps. Un ouvrage de cette sorte est défendu par de puissants sortilèges. Tu tiens donc à nous faire repérer ? D'ailleurs, Alice repoussera les illusions. Plus tard, j'infiltrerai les défenses de cette maison et la brûlerai de fond en comble.

– Alors, avant cela, emparez-vous du *Codex du Destin* et remettez-le-nous, à mon maître ou à moi, que nous le brûlions. Nous ne serons pas tranquilles tant que nous ne l'aurons pas vu détruit de nos propres yeux.

– Je le ferai, promit Grimalkin. Maintenant, occupons-nous de nos ennemis !

Je poussai la porte du fond, et, au lieu des marches descendant vers la cave, nous découvrîmes une petite antichambre vide. Au fond, une autre porte était entrouverte.

Par l'entrebâillement, nous distinguâmes cinq sorcières dans une grande salle. Les meubles avaient été repoussés le long des murs pour dégager le plancher. Deux sorcières montaient la garde, les bras croisés. Heureusement que la magie d'Alice nous dissimulait, car l'une d'elles regardait droit vers nous. Les trois autres, une expression d'extrême concentration sur le visage, se comportaient bizarrement. Elles se faisaient face, à quatre pattes, presque nez à nez. Chacune portait, enfoncée sur la tête, une couronne d'épineux en forme de pentacle. Au sang qui maculait leurs cheveux, on devinait que cela faisait partie du rituel pour convoquer Siscoï.

Grimalkin s'avança dans l'intention d'attaquer. Mais elle s'arrêta en avançant la main, comme si elle avait heurté un mur invisible. Elle se tourna vers nous, contrariée.

– Il y a une barrière, chuchota-t-elle.

Alice la rejoignit et étendit les deux mains :

– Elle est solide, très solide... Elle ne nous empêchera pas de passer, mais ça va prendre du temps.

Elle entama une incantation chuchotée.

Les lèvres des trois sorcières accroupies remuaient aussi. Or ce qui sortait de leur bouche n'était pas un son. C'était un long os mince et blanc. Soudain, les sorcières, d'un même mouvement, rejetèrent la tête en arrière avant de cracher les trois os. Ils tombèrent de telle sorte que leurs pointes se touchaient, dessinant un triangle. Il paraissait impossible que de tels objets aient pu tenir dans la bouche des sorcières. Pourtant, elles recommencèrent aussitôt, et un deuxième triangle se posa sur le sol, à côté du premier.

À leur troisième crachat, je compris leur intention : elles créaient une étoile à cinq branches, un pentacle magique.

– Vite ! soufflai-je à Alice. Il faut les arrêter avant qu'il soit trop tard !

Elle acquiesça d'un signe de tête. En dépit de ses pouvoirs, les sortilèges des sorcières roumaines représentaient un vrai défi. Son front dégoulinait de sueur. Grimalkin, un poignard dans chaque main, se ramassait sur elle-même, prête à attaquer.

Quand le cinquième triangle fut en place, les sorcières lâchèrent un cri de triomphe. Puis, des jointures des doigts de leur main gauche, elles frappèrent trois coups à l'unisson sur le plancher de bois. Le pentacle se mit à luire ; il s'éleva dans les airs en tournant sur lui-même et en s'élargissant.

Ce pentacle d'os devait être le portail que Siscoï allait franchir pour pénétrer dans notre monde !

À cet instant, Alice réussit enfin à briser la barrière invisible, et Grimalkin bondit. Le sortilège qui nous dissimulait aux yeux des sorcières se rompit, et les deux gardes s'interposèrent entre Grimalkin et leurs sœurs. Malgré leur force et leur férocité, ni l'une ni l'autre n'était de taille face à la tueuse. Elle poignarda, taillada, et le sang jaillit. Deux cris brefs, et ce fut fini.

J'étais déjà sur les talons de Grimalkin. Au lieu de se relever, les trois autres sorcières foncèrent sur nous à quatre pattes pour nous déchiqueter à coups de griffes et de dents. Mon bâton transperça la première au niveau du cœur et la fixa au plancher, où elle resta à se tortiller.

Grimalkin avait tué la deuxième et s'apprêtait à liquider la troisième. Mais le pentacle tournoyait juste au-dessus d'elle. À l'intérieur apparaissait la face bestiale, écailleuse du dieu vampire. Ses lèvres retroussées découvraient des dents aussi pointues que des épingles et de longs crocs. Il était immergé dans un liquide rouge, épais, visqueux – certainement du sang. Il y avait dans l'obscur bien des domaines différents, conçus chacun pour combler les besoins et assouvir les désirs de leurs occupants. Rien ne convenait mieux à Siscoï qu'un océan de sang.

Il y eut un bruit de cataracte, sauf que ce n'était pas de l'eau qui coulait, mais du sang. Il jaillissait du pentacle et se déversait sur le plancher, juste devant Grimalkin. Siscoï se mouvait dans ce torrent écarlate avec une grâce effrayante, la gueule ouverte, menaçant la tueuse de ses crocs tranchants.

25

Minuit

Je crus que mon cœur cessait de battre. Grimalkin allait mourir. Or, Siscoï passa à travers elle avant de disparaître par le mur du fond. Je compris qu'il était encore sous sa forme d'esprit, et donc incapable d'agir. Mais il filait vers le puits sanglant, où un nouveau corps attendait d'être possédé. Dans moins de vingt minutes, il serait minuit.

Accablé, je gémis :

– On est arrivés trop tard !

Grimalkin était là, couverte de sang comme si elle avait été transpercée. Même elle savait notre cause perdue.

Soudain, une voix parla dans ma tête. Je ne pouvais m'y tromper, c'était maman !

Si tu hésites, vous êtes tous morts ! Combats le dieu ! Affronte-le avant qu'il surgisse ! C'est ton unique chance ! Toi seul peux le faire, mon fils. Toi seul peux tuer le dieu vampire et espérer survivre.

Bien sûr, je ne m'imaginai pas capable de vaincre un des Anciens Dieux. Quel humain le serait ? Mais j'avais compris ce que maman voulait dire.

– Il faut détruire le corps dans le puits sanglant avant que Siscoï le possède, m'écriai-je. Et la menace immédiate sera écartée.

Sans plus d'explications, je m'élançai hors de la maison, Alice et Grimalkin sur mes talons. En dévalant le chemin, nous passâmes près du moroï, qui le mufle au sol, était toujours occupé à compter les brins d'herbe. Bientôt, tandis que je courais sous les arbres, je m'aperçus qu'il ne serait pas difficile de trouver le puits sanglant : le rayon de lumière d'un rouge sombre qui en émanait était visible de loin. Quand nous arrivâmes, nous constatâmes que la dalle qui fermait l'ouverture avait déjà été repoussée sur le côté. Voilà qui nous économiserait du temps et des efforts. Je déposai mon bâton sur le sol et ôtai mon manteau. Contre Siscoï, j'utiliserais la Lame du Destin et Tranche Os.

Grimalkin posa une main sur mon épaule :

– C'est moi qui le tuerai, pas toi.

— Maman m'a parlé, objectai-je. Moi seul peux le faire et espérer survivre.

— Je viendrai tout de même avec toi. Je ne t'abandonnerai pas seul face à Siscoï. Grimalkin ne reçoit d'ordres de personne, pas même de ta mère !

— Non, répliquai-je. Si je meurs, vous poursuivrez la lutte. Vous devez tenir la tête du Malin aussi longtemps que possible hors de portée de ses serviteurs. Avec l'aide d'Alice, vous trouverez peut-être enfin le moyen de le détruire.

— Nous n'y réussirons qu'en œuvrant tous les trois ensemble, déclara fermement la tueuse. Nous avons le devoir de survivre, et pour cela ne faire qu'un. Alice va garder l'entrée du puits, et, si elle voit surgir Siscoï, elle tentera de l'abattre par magie. Nous deux, nous descendrons dedans, mais je te laisserai le dieu. Un moroï patrouillait dans les environs ; d'autres protecteurs de l'hôte attendent peut-être en bas : la pierre a été enlevée.

J'acquiesçai d'un signe de tête. Son raisonnement était logique.

Alice me serra dans ses bras :

— Je t'en prie, Tom, sois prudent ! Je ne supporterais pas qu'il t'arrive quelque chose.

— Tiens-toi prête, Alice, au cas où j'échouerai. Il faut arrêter Siscoï à tout prix. Qu'il ne s'empare pas de la tête du Malin !

— Je doute d'en être capable, mais j'essaierai, Tom, me promit-elle.

Penché au bord de la faille, j'observai le fond. J'allais probablement à la mort, mais à cet instant je l'acceptais avec calme. J'accomplissais la tâche à laquelle mon maître m'avait préparé. Toute ma formation m'avait mené ici. Je savais que parfois, pour protéger ses semblables, un épouvanteur devait consentir au sacrifice suprême.

Le rayon de lumière m'aveuglait, m'obligeant à détourner les yeux.

J'adressai un sourire à Alice, un signe de tête à Grimalkin, et m'introduisis le premier dans le puits. L'ouverture étant plus large d'un côté que de l'autre, je choisis le plus étroit. C'était comme de passer par un conduit de cheminée, et je m'aidai de mes genoux, de mes pieds et de mes coudes pour contrôler ma descente. Mais les substances visqueuses qui imprégnaient les parois – les résidus de sang et de viande jetés dans le puits par les sorcières – rendaient l'opération délicate. À l'odeur métallique du sang se mêlait une puanteur de chair avariée. La bile me remonta dans la gorge, et je faillis vomir. Je dus faire halte, le temps que la nausée se dissipe. Je regrettai de ne pas avoir déchiré une bande de tissu au bas de mon manteau pour m'en couvrir le nez et la bouche.

Une pluie de terre et de cailloux, délogés par les pieds de Grimalkin, me tomba dessus. Je repris la descente et j'entendis, au-dessous de moi, des halètements et des gémissements évoquant une énorme créature tourmentée par la douleur.

À une certaine profondeur, la lumière rouge se trouva en partie masquée par un affleurement rocheux, ce qui me permit de regarder vers le bas. Je le regrettai aussitôt. Juste au-dessous de moi, j'aperçus une énorme silhouette de forme humaine mais deux fois plus grande que moi. Allongée sur une corniche, elle se tortillait en geignant, et je compris vite la raison de ces plaintes. Sa large face était rongée comme par un acide, les yeux n'étaient plus que des orbites vides d'où s'écoulait un liquide purulent. C'était le premier hôte du puits, sur lequel Judd et moi avions déversé nos sacs de sel et de limaille de fer.

Étaient-ce les réactions involontaires d'un corps vide ? Ou cet être avait-il une forme de sensibilité et de conscience ? Il me parut que oui.

Les minutes passaient, nous rapprochant de minuit. Le nouvel hôte devait se trouver plus bas, tout au fond du trou. Je voulais à tout prix achever ma tâche, mais j'avais beaucoup de mal à supporter le spectacle d'une telle souffrance. Quand j'arrivai au niveau de l'énorme créature, je me calai contre la roche avec les genoux. Je n'aurais pas réussi à l'atteindre avec le poignard. Je tirai donc la Lame du Destin. J'estimai soigneusement la distance, et, même si je dus fermer les yeux à l'ultime seconde, je fis ce qu'il fallait, je lui tranchai la gorge. Quand je rouvris les yeux, le sang lui inondait la poitrine et cascadait dans les profondeurs du trou.

Le corps gigantesque se convulsa, comme s'il luttait pour briser des chaînes invisibles. Puis il s'affaissa et ne bougea plus. J'avais accompli un geste de compassion, mais cela m'avait coûté de précieuses minutes, qui me manqueraient peut-être au moment d'affronter Siscoï.

Je remis l'épée au fourreau et poursuivis la descente. Le rocher était de plus en plus traître, tout poisseux de sang frais. Ébloui par la colonne lumineuse, je glissai et faillis lâcher prise. Il me fallut quelques instants pour calmer mes tremblements : je l'avais échappé belle !

J'atteignis enfin une large corniche où je pus me tenir debout, le dos à la paroi, le temps de reposer mes jambes et mes bras contractés. Le boyau continuait, au-dessous de moi ; mais, sur trois côtés, les ouvertures de nombreuses grottes bâillaient dans l'obscurité. Grimalkin avait raison : d'autres entités devaient certainement monter la garde.

Des bruits me parvenaient – un martèlement de bottes, des respirations, des grondements menaçants.

Soudain, des points rouges s'allumèrent dans le noir, les yeux des créatures qui m'attendaient. Je me revis dans la cave quand, cerné par ces horreurs inconnues, j'avais fui comme un lâche.

Cette fois, je ne fuirais pas. Tranche Os dans ma main droite, je brandis la Lame du Destin dans la gauche. Grimalkin sauta près de moi, une arme dans chaque main, et nous fîmes face côte à côte. Je vis briller des griffes et des dents, et l'haleine rance des strigoï me sauta à la figure. Mais je me fendis, sentant avec satisfaction le poignard percer de la chair – même s'il s'agissait de la chair morte d'un démon. Mon épée, avec sa longue lame, trancha la tête du strigoï le plus proche. Elle roula sur le sol et disparut dans la faille. Grimalkin combattait avec une férocité qui dépassait celle de nos adversaires. Des têtes tombaient sous ses coups, et elle forçait l'ennemi à reculer.

Les strigoï avaient beau être rapides, ils ne prenaient pas l'avantage. Je frappai, frappai encore jusqu'à ce que la pression se relâche. Alors, Grimalkin me poussa vers la faille et resta en garde, ses lames prêtes à repousser le prochain assaut.

– Descends, maintenant ! m'ordonna-t-elle. On n'a plus beaucoup de temps. J'assure tes arrières.

Il devait être presque minuit. J'arrivais peut-être trop tard. Je remis l'épée au fourreau et glissai

Tranche Os dans ma ceinture avant de m'introduire dans le boyau pour continuer la descente.

À mesure que je progressais, les chocs métalliques, les grognements et les cris reprirent au-dessus de moi ; puis ils s'éloignèrent et se turent. Bientôt, j'entendis une autre respiration, celle du nouvel hôte. Celui-là ne serait pas aveugle. Le dieu vampire allait s'emparer de lui, et au premier coup de minuit jaillirait hors du puits.

Le bruit s'intensifia, jusqu'à ce que je sente un souffle dans mon cou, et qu'une haleine puante m'assaille les narines. Mes pieds ne purent aller plus bas ; j'avais atteint le fond du puits.

Je me retournai. Siscoï était devant moi.

À présent, je découvrais la source de la colonne de lumière. Elle émanait d'une énorme créature, et je sus aussitôt que le dieu vampire en avait pris possession. Ses yeux grands ouverts me regardaient fixement.

Cet hôte-là n'avait subi aucun dommage. Il était assis, le dos contre la paroi rocheuse, les jambes allongées devant lui. Son corps gigantesque était recouvert d'écailles rouges ; des griffes tranchantes armaient le bout de ses pattes semblables à celles des lézards. Bien que plus grand encore que la première créature, il était relativement mince et taillé pour la course. Sa tête chauve était allongée, presque triangulaire. Dans sa face camarde luisaient des yeux de prédateur.

Combien de minutes me restait-il avant minuit ? Avant que cet être avachi se transforme en bête féroce, qui s'élancerait à la vitesse d'une flèche ?

J'eus aussitôt la réponse à ma question. Le dieu inspira profondément et se mit à genoux. Il montra les dents – quatre larges canines tranchantes, les autres horriblement pointues. Les muscles des mâchoires saillaient. Puis la bouche remua, et Siscoï parla d'une étrange voix traînante, comme à moitié endormi :

– Que c'est aimable de ta part d'être venu jusqu'à moi ! Le sang de ton corps chétif m'ouvrira l'appétit pour le festin qui m'attend.

Pour toute réplique, je tirai la Lame du Destin et m'avançai prudemment vers la créature agenouillée. Une chance m'était offerte d'user de mon talent à agir sur le cours du temps.

Concentre-toi ! Ralentis le temps ! Arrête-le !

Je fis un autre pas, focalisé sur mon but.

Concentre-toi ! Ralentis le temps ! Arrête-le !

Le dieu vampire rit, et son rire résonna dans toute la faille.

Le découragement m'envahit. J'avais mis toutes mes forces en œuvre, et le don hérité de ma mère semblait m'avoir abandonné. Si je n'arrivais pas à m'en servir, là, maintenant, ma dernière heure avait sonné.

– Imaginais-tu que tes misérables tours marcheraient sur moi ? ricana le dieu. Je suis Siscoï, et je contrerai n'importe quel sortilège que tu me lanceras. Crois-tu que mon maître m'aurait envoyé t'affronter sans me donner les moyens de te résister ? Non ! Il m'a empli des pouvoirs combinés de ses plus puissants serviteurs !

Était-ce possible ? Le Malin était capable de manipuler le temps, lui aussi. Et, quand nous l'avions attiré dans la fosse pour l'entraver avec les piques et des clous d'argent, seul l'effet de surprise m'avait donné l'avantage. Si d'autres serviteurs de l'obscur, doués de pouvoirs semblables, les avaient transmis à Siscoï, ma situation était désespérée.

Alors, maman me parla de nouveau :

Désespère, et tu seras vaincu. Crois en toi ! Si tu es bien l'arme que j'ai forgée pour détruire le Malin, prouve-le ! Sinon, j'ai travaillé en vain, et tu ne mérites pas d'être appelé mon fils.

Ces mots me transpercèrent comme un poignard. Comment maman pouvait-elle être si cruelle ? N'étais-je donc qu'une arme, un objet destiné à lui assurer la victoire ? Après tous mes affrontements avec l'obscur, comment pouvait-elle suggérer que je ne « méritais pas » d'être son fils ? À part ma récente fuite dans la cave – une seule défaillance en trois années de combats – j'avais toujours fait de mon mieux, quelle qu'ait été la difficulté. Elle n'en tenait donc aucun compte ? Elle se montrait si différente de la mère chaleureuse et bienveillante que j'avais connue à la ferme ! La colère m'envahit. Inspirant profondément, je tournai cette colère non contre ma mère, mais contre Siscoï.

Je me concentrai, et je sentis le temps se ralentir imperceptiblement. Un éclair malveillant s'alluma dans les yeux du dieu. Mais j'avançai encore d'un pas, saisissant mon arme, plus concentré que jamais. Cette fois, mon adversaire ne sut que soulever mollement les paupières.

À présent, les yeux de rubis de la Lame du Destin rougeoyaient. Puis je sentis un mouvement à ma ceinture : Tranche Os s'agitait, comme mû par une main invisible. Il voulait sa part du combat.

Je m'apprêtais à tirer le poignard quand je remarquai le regard de Siscoï sur les larmes de sang tombant du pommeau de l'épée. Le dieu était fasciné par le sang.

Profitant de sa distraction, je balançai mon arme vers sa tête massive. J'avais bien visé et, si la lame avait atteint son but, j'aurais décapité la tête chauve de Siscoï. Malheureusement, mon contrôle du temps n'était pas parfait. Mon adversaire s'écarta à la dernière seconde.

Je lui tranchai seulement l'oreille gauche, qui retomba sur le sol en tourbillonnant lentement, telle une feuille rouge dans le vent d'automne.

Le dieu poussa un cri. Un cri de rage et de douleur si sonore que des morceaux de rochers, de la terre et des cailloux dégringolèrent dans la faille.

Je repris mon souffle et me campai solidement sur mes jambes, comme Grimalkin m'avait appris à le faire. Je m'efforçai de retrouver ma concentration quand Siscoï se leva et me toisa de toute sa hauteur.

Je balançai l'épée de droite à gauche, visant son cou dans l'espoir de lui trancher la tête. Mais notre combat était entré dans une nouvelle phase: les forces de Siscoï grandissaient alors que les miennes diminuaient. Ma lame bougeait trop lentement; les mains griffues se tendaient vers moi à une telle vitesse qu'elles paraissaient floues. Le dieu esquiva mon coup d'épée, et ses griffes m'entamèrent le front. Je tombai à genoux, et il se jeta sur moi.

De ses poings énormes, il tenta de me briser le crâne, espérant profiter de mon inconscience pour me vider de mon sang. Une fois de plus, je l'évitai juste assez pour survivre: le coup m'envoya rouler sur le sol, et mon dos heurta violemment la paroi rocheuse.

Je me remis à genoux avec peine, pris de vertiges. Une nausée me tordit l'estomac. Je voulus me relever; mes jambes ne me portaient plus. Siscoï m'aurait achevé avant même que je m'en rende compte. Il avançait sans se presser. Il savait que tout était joué. Il avait gagné. Je ne contrôlais plus le temps.

J'entendis alors une autre voix. Elle ne résonnait pas dans ma tête comme celle de maman. Celle-ci venait de ma mémoire, c'était celle de Grimalkin, la tueuse.

C'est la fin? Tu es vaincu? Non! Le combat ne fait que commencer. Crois-moi, je le sais. Je suis Grimalkin.

Ces mots, elle me les avait hurlés à maintes reprises quand elle m'entraînait à manier la Lame du Destin. Je me rappelai cette cave, en Irlande, où nous avions eu notre premier duel. J'avais bien cru qu'elle allait me tuer. Puis, au bout d'une semaine, elle m'avait appris à me battre de telle sorte que même un rude combattant comme Bill Arkwright n'aurait pas été à ma hauteur. Elle m'asticotait ainsi chaque fois que je me croyais trop exténué pour continuer.

Je l'entendais encore:

Debout! Bats-toi! Tue ton adversaire! Tue-le avant qu'il ne te tue! Fais comme moi! Fais comme Grimalkin! N'abandonne jamais! Ne te rends jamais!

M'obligeant à me relever, je saisis mon épée à deux mains.

26

Le sang de l'Épouvanteur

Je repris ma concentration pour ralentir le temps. La sueur mêlée de sang qui me coulait dans les yeux me brouillait la vue. Je l'essuyai d'un revers de main avant de m'assurer une prise solide sur le pommeau de l'épée.

Siscoï m'observait, mais à présent je bougeais, pas lui. J'allais lui fendre le crâne en deux ; je le pouvais. J'avançai encore, en sorte qu'il soit à ma portée. Or, alors que je levais ma lame à la verticale, il ouvrit grand la bouche. Une fois de plus, il reprenait le contrôle.

Ses crocs luisaient. Cependant, ils ne représentaient pas la menace la plus immédiate. Quelque chose jaillit du fond de son gosier, si vite que j'eus tout juste le réflexe de m'accroupir.

Je crus d'abord qu'il m'avait craché sa salive à la figure, me manquant de peu. Puis je compris que c'était sa langue. Épaisse, pourpre, longue d'au moins six pieds, elle était recouverte d'épines semblables à de fins crochets. Elle râpa le rocher, à ma droite, et il en tomba du gravier et de la poussière. Si elle m'avait touché le visage, elle m'aurait arraché la chair jusqu'à l'os.

Je reculai vivement. Le dieu avait rentré la langue et il grognait. Il marcha vers moi, les doigts tendus vers ma gorge. D'un coup d'épée vertical, je le frappai à l'épaule ; il cria de douleur.

Cette fois, il était blessé. Un sang noir ruisselait le long de son bras et gouttait sur le sol.

Mon système de défense s'était révélé efficace, et cela me donnait à réfléchir. L'un des talents de Siscoï était son incroyable rapidité. Pourquoi ne s'en servait-il pas ? Il y avait une seule explication possible : parce qu'il ne pouvait pas. Jusqu'à un certain point, je continuais de contrôler le temps. Face à un tel adversaire, j'étais incapable de l'arrêter, mais cela me donnait un avantage.

Je levai l'épée. Siscoï attaqua de nouveau et, d'un mouvement instinctif, je me fendis. Cette fois, je le manquai, l'obligeant malgré tout à reculer. Puis je me rejetai en arrière pour éviter la longue langue et ses barbillons mortels. Je me retrouvai alors dans une anfractuosité de rocher. Impossible de m'échapper par la droite ou par la gauche ! J'étais piégé. Il ne me restait qu'une alternative : avancer. Un sourire tordit la bouche de Siscoï. Sa langue jaillit vers moi tel un éclair pourpre. Je l'esquivai en plongeant en avant. Je n'étais plus qu'à un pied à peine de mon adversaire. Alors, avant qu'il ait ramené sa langue dans sa bouche, mon épée décrivit un arc de cercle, et je la lui tranchai. Elle tomba sur le sol, où elle se tortilla tel un énorme serpent, tandis qu'une cascade de sang jaillissait de la gorge de Siscoï. Son hurlement ébranla la paroi, et les rochers eux-mêmes semblèrent crier.

C'était le moment de l'achever. Je visai de nouveau le cou. Or, le dieu n'était pas encore hors de combat, j'allais l'apprendre à mes dépens. À l'instant où je croyais triompher, tout alla de travers.

Il leva un pied griffu comme pour m'éventrer. En cherchant à l'éviter, je me mis à portée de sa main gauche, qui me désarticula le bras. La douleur me jeta à genoux et je lâchai la Lame du Destin

Siscoï fondit sur moi, crachant le sang. Je n'eus que le temps de tirer Tranche Os. Je lui perçai la poitrine à deux reprises, ce qui ne l'empêcha pas de me soulever comme un enfant. Ses crocs s'enfoncèrent dans mon cou. Cela me fit à peine mal, mais il commença à aspirer mon sang ; je le sentais pulser dans mes veines, tandis que mon cœur battait avec de moins en moins de force.

La situation paraissait désespérée ; pourtant, me souvenant des paroles de Grimalkin, je résistai. Je ne voulais pas mourir. Je voulais revoir Alice et mes frères. Je refusais que mon avenir – ma future vie d'épouvanteur – soit anéanti. Je me débattis, frappai désespérément le dieu vampire. Hélas ! mon poignard semblait sans effet sur lui, et je fus bientôt trop faible pour le tenir ; il me glissa entre les doigts. Les battements de mon cœur ralentirent encore. Je sombrais vers la mort.

Soudain, un hurlement retentit. Était-il sorti de la gorge de Siscoï ou de la mienne ? Il était chargé d'une telle angoisse qu'on aurait cru entendre la terre elle-même crier de douleur.

L'obscurité m'engloutit.

Ma dernière pensée fut pour Alice.

Mes derniers mots pour ma mère :

Pardon, maman ! Je suis désolé de t'avoir déçu. J'ai fait de mon mieux. Ne garde pas un trop mauvais souvenir de moi.

Je ne sais combien de temps je demeurai dans les ténèbres. Mon cœur avait cessé de battre ; je ne respirais plus. Je ne ressentais aucune peur. J'étais en paix; tous mes soucis, toutes mes luttes étaient derrière moi.

Puis j'entendis un bruit familier de mon enfance: les craquements d'un fauteuil à bascule. Une silhouette lumineuse se matérialisa dans le noir.

C'était maman – non la terrible lamia, mais la mère aimante dont je gardais le souvenir. Assise dans son fauteuil, elle me souriait en se balançant comme elle le faisait quand elle était heureuse et détendue.

– Tu as comblé toutes mes espérances, me dit-elle. Pardonne-moi les mots durs que je t'ai adressés. À ce moment-là, ils étaient nécessaires. Je suis fière de toi, mon fils.

De quels mots durs parlait-elle? J'étais en pleine confusion. Où étais-je? Étais-je mort?

L'image de maman s'effaça. Une autre silhouette apparut, celle d'une fille avec des souliers pointus, sa robe noire nouée à la ceinture par une ficelle. Alice.

– Je suis venue te dire au revoir, Tom, dit-elle. Non que j'aie envie d'aller là-bas, mais je n'ai guère le choix, hein? Attends-moi, s'il te plaît! N'abandonne pas! N'abandonne jamais!

Où partait-elle? Je voulus l'interroger, mais elle disparut avant que j'aie pu prononcer un mot.

Je me retrouvai alors dans un lit. Je respirais de nouveau et mon cœur battait régulièrement. Par les rideaux ouverts, je vis que dehors il faisait nuit. Je compris que j'étais de retour dans ma chambre, à l'auberge de Todmorden. Éclairé par la lumière vacillante d'une chandelle posée sur une petite table, quelqu'un était à mon chevet.

C'était Grimalkin.

– Enfin, tu reviens à toi, fit-elle. Tu es resté inconscient trois jours et trois nuits. Malgré tous les efforts d'Alice pour soigner ton corps, j'ai craint que ton esprit ne soit à jamais dérangé.

Je m'assis avec difficulté. J'étais trempé de sueur, je me sentais très faible. Mais j'étais en vie.

– Que s'est-il passé? demandai-je. J'ai eu beau faire, je n'étais pas assez fort. Je suis désolé. Vous avez pu l'achever?

– Non. Le temps que je descende te rejoindre, il était déjà mort.

– Je me suis défendu jusqu'au bout à coups de poignard. J'ai sans doute eu la chance de le frapper au cœur.

– Ce n'est pas ça qui l'a tué. C'est ton sang.

J'écarquillai les yeux:

– Je ne comprends pas...

– Ton sang était une arme, le sang très particulier d'un épouvanteur, du septième fils d'un septième fils, mêlé à celui de ta mère, la première des lamias. Pour le dieu vampire, c'est un poison mortel – et ta mère le savait. Elle est apparue à Alice aussitôt après la mort de Siscoï pour le lui apprendre.

Je me rappelai alors l'apparition du dieu dans la peau de Cosmina. Il était encore capable de posséder brièvement d'autres créatures !

– Il va chercher à se venger, m'écriai-je. Il va revenir. On est toujours en danger !

La tueuse secoua la tête :

– Siscoï ne représente plus aucune menace. Tu n'as pas détruit seulement son corps d'emprunt, mais le vampire lui-même. Un cri effroyable est monté du fond de la terre pour se perdre dans les hauteurs du ciel. C'était l'obscur lui-même, hurlant sa détresse devant la perte d'un des plus puissants des Anciens Dieux. Tu as porté un grand coup à nos ennemis. Depuis ce moment, la tête du Malin est restée muette. Je n'ai rien pu tirer de lui – pourtant, crois-moi, je n'y suis pas allée de main morte !

Mon sang avait détruit Siscoï ! J'en restai abasourdi. Depuis le début, maman savait qu'il en serait ainsi. Mais à quel prix ? James était peut-être mort, et mes autres frères en grand danger.

– Le Malin n'abandonnera pas, déclarai-je. Il dit que ses serviteurs sont aussi nombreux que les étoiles.

– Il faut donc en finir avec lui.

J'acquiesçai avant de demander :

– Vous avez le *Codex du Destin* ?

– Non. Quand je suis retournée brûler la maison de Dame Fresque, la bibliothèque était vide. J'ai tout de même mis le feu.
– Alors, le grimoire est aux mains de nos ennemis...
– Je le suppose.

Encore une menace à laquelle nous serions bientôt confrontés !
– Où est Alice ? m'enquis-je soudain.
– Alice est repartie dans l'obscur. Elle est allée chercher le troisième objet sacré.

Presque deux semaines s'écoulèrent avant que je me sente assez fort pour rentrer à Chipenden. Grimalkin mit ce temps à profit pour nettoyer la colline des dernières entités roumaines. Elle brûla aussi leurs maisons, avec leurs corps à l'intérieur. Aucune ne reviendrait de la mort. Mais, bien qu'elle ait cherché partout le *Codex du Destin*, elle n'en trouva pas trace.

La partie de Todmorden située sur le territoire du Comté restait vide ; tous les habitants étaient partis. Ils n'étaient sans doute nullement pressés de revenir.

Nous aurions pu requérir les services de Benson et de sa charrette, mais je préférai voyager à pied, comptant sur l'exercice pour retrouver peu à peu mon énergie. Il me fallut trois jours pour regagner la maison.

Grimalkin m'accompagna, et nous passâmes nos nuits à discuter de nos actions à venir. Tout dépendait d'Alice, qui nous rapporterait le troisième objet sacré. La savoir repartie dans l'obscur me tenait dans un état d'anxiété permanent. Le pire étant de me sentir impuissant. Je ne pouvais rien faire pour elle.

Ce fut au cours d'une de nos premières conversations que la tueuse me causa un autre choc.

– Alice sait que tu dois la sacrifier, Tom, me révéla-t-elle abruptement.

J'en eus le souffle coupé.

Je contemplai un moment les braises avant de demander :

– Comment l'a-t-elle appris ?

– Je te l'ai dit, sa magie est puissante. Elle a usé de scrutation.

Je poursuivis, le cœur battant :

– A-t-elle vu sa mort ?

– Elle t'a vu te préparant à prendre sa vie. À cet instant, le miroir s'est obscurci.

– Il s'est obscurci ? C'est bon signe, non ? Ça signifie que l'avenir reste incertain. C'est ce qu'Alice m'a expliqué : quand il y a trop de variables, la prévision devient impossible et le miroir s'obscurcit.

– Il y a une autre raison à cela. Une sorcière ne peut visualiser sa propre mort. Mais réponds-moi : es-tu prêt à sacrifier Alice pour détruire le Malin ?

— Je ne pense pas en être capable, avouai-je en toute franchise. Je tiens trop à elle.

— Nous en avons discuté. Si on ne trouve pas d'autre moyen, elle est prête à mourir de ta main.

— Il *faut* trouver un autre moyen!

— On essaiera; mais on n'a plus beaucoup de temps. Nous voilà déjà en juin.

Si l'Épouvanteur allait mieux et marchait plus facilement, il n'était plus que l'ombre de l'homme qui m'avait pris pour apprenti.

En fin d'après-midi, nous nous assîmes à la table de la cuisine, tandis que le feu flambait dans l'âtre. J'avais trop chaud, mais mon maître resserrait frileusement son manteau autour de lui.

Nous parlâmes d'abord du *Codex du Destin*.

— Qui sait où il peut être, à présent? grommela-t-il d'un air sombre. Entre les griffes des serviteurs du Malin, sans aucun doute. Le danger serait que l'un d'eux tente de prononcer l'incantation.

— Il aurait peu de chances de réussir, soulignai-je pour lui rendre courage.

En vérité, j'étais moi-même profondément abattu : mon frère était sûrement mort, je ne reverrais peut-être jamais Alice. Et, même si elle revenait, l'idée de l'horreur qui nous attendait me brisait le cœur.

– C'est vrai, petit. Te rappelles-tu ce que j'ai écrit dans mon *Bestiaire* à ce propos ?

Je fronçai les sourcils, pas très sûr de moi :

– En partie.

– En partie, ce n'est pas suffisant, mon garçon, s'emporta mon maître. Sur de tels sujets tu devrais être incollable ! Il est temps de te conduire en véritable épouvanteur. Viens avec moi !

Il se leva, gravit l'escalier avec lenteur et arriva, essoufflé, devant la porte de la bibliothèque.

– Voilà ! fit-il en poussant le battant. Qu'en penses-tu ?

Je découvris, dans une odeur de bois fraîchement coupé, des rangées d'étagères vides.

– C'est superbe, dis-je. Et prometteur ! Il n'y a plus qu'à y ranger des livres !

J'avais parlé en souriant, et il me rendit mon sourire. Il n'avait pas perdu le sens de l'humour. Il me mena jusqu'à un rayonnage, en face de la fenêtre. Au milieu, appuyés les uns sur les autres, il y avait les trois premiers ouvrages de la nouvelle collection. Je déchiffrai les titres :

Le Bestiaire de l'Épouvanteur ; *Une histoire de l'obscur* ; *Les sorcières de Pendle*.

Mon maître avait entamé la rédaction du deuxième et du troisième lors de notre séjour sur l'île de Mona. Il l'avait achevée avant notre retour d'Irlande.

Il me mit le *Bestiaire* dans les mains :

— Lis ce qui est écrit à propos du *Codex du Destin* !

Je feuilletai le volume pour trouver le passage en question.

— Ce n'est pas très long, fis-je remarquer.

— Mais l'essentiel y est ! Lis à haute voix le paragraphe sur les grimoires !

Ce sont des ouvrages très anciens, contenant des sortilèges et des rituels destinés à invoquer l'obscur. Ils sont surtout utilisés par les mages, même si les sorcières y ont parfois recours. Les formules qu'ils indiquent doivent être suivies à la lettre, sous peine d'entraîner la mort.

Beaucoup de textes fameux ont été perdus (par exemple, Le Patrixa et La clé de Salomon). Rédigés en Ancien Langage par les premiers habitants du Comté, ils ont d'abord été utilisés pour invoquer les démons. Ces livres recèlent une redoutable magie noire. La plupart ont été délibérément détruits ou mis hors de portée des regards humains.

Le plus mystérieux et – dit-on – le plus dangereux est le Codex du Destin. Cet ouvrage aurait été dicté mot à mot par le Malin en personne à un mage du nom de Lukraste. Il ne contient qu'une unique incantation. Prononcée dans son intégralité (conjointement à la pratique de certains rituels), elle permettrait à un mage d'acquérir immortalité, invulnérabilité et pouvoirs divins.

Par chance aucun n'y a jamais réussi, tant cela exige d'endurance et de concentration : il faut treize heures pour lire la formule à haute voix, sans aucun instant de repos.

Un mot mal prononcé, et le mage meurt. Lukraste fut le premier à commettre cette folie, et le premier à mourir. Quelques autres après lui ont connu le même sort funeste.

Souhaitons que le Codex du Destin *reste à jamais perdu !*

— C'est assez, petit, m'interrompit l'Épouvanteur. Tu vois le danger ? Le simple pouvoir émanant de ce livre a suffi aux entités roumaines pour créer leurs illusions. Qu'arriverait-il si le grimoire était utilisé à ses vraies fins ?

Je haussai les épaules :

— Il me semble peu probable que quelqu'un réussisse à aller au bout du rituel.

— Qu'entends-tu par « peu probable » ? Le Malin et ses serviteurs sont au bord du désespoir ; ils emploieront des moyens désespérés. Je suis très inquiet, et tu devrais l'être aussi. Le livre peut être n'importe où dans le Comté. Le danger est à notre porte.

— À propos de livre, dis-je, j'ai quelque chose à ajouter à votre collection.

Ouvrant mon sac, je lui tendis trois brochures. C'étaient les notes que j'avais prises au cours de mes trois années d'apprentissage.

– Je te remercie. Leur place est ici. Tu pourras les consulter chaque fois que tu en ressentiras le besoin.

– J'ai encore ceci, ajoutai-je.

Je fouillai de nouveau dans mon sac, un peu nerveux, car je craignais sa réaction.

– Alice pensait rédiger un compte rendu des trois années au cours desquelles elle a reçu les enseignements de Lizzie l'Osseuse. Au lieu de ça, elle a écrit ce texte, estimant que ce serait plus utile.

L'Épouvanteur prit le gros cahier en main et lut le titre : *Les secrets des conventus de Pendle*.

Puis il l'ouvrit à la première page et se pencha sur l'écriture bien nette d'Alice.

Soudain, il le referma et me lança un regard dur :

– Crois-tu que cet ouvrage a sa place sur les rayonnages de cette bibliothèque ?

– Il décrit la magie qu'utilisent les sorcières, leurs forces et leurs faiblesses. Ça me paraît très utile, insistai-je.

– Eh bien, petit, c'est toi qui décides. Car, en vérité, cette bibliothèque est la tienne. Elle t'appartiendra jusqu'au jour où tu la légueras à un nouvel épouvanteur. C'est donc toi, désormais, qui jugeras de ce qui sera posé ou non sur ces étagères.

Il secoua tristement la tête avant de poursuivre :

– Mes genoux me lâchent, je n'ai plus de souffle. Il te reste beaucoup de choses à apprendre, mais, en tout état de cause, tu es d'ores et déjà l'épouvanteur de Chipenden. Alors, pense en épouvanteur ! Je serai encore là pour t'offrir mes conseils. Néanmoins, la charge repose désormais sur tes épaules. Qu'as-tu à dire ?

– Que je ferai de mon mieux, murmurai-je.

– Oui, petit, tu feras de ton mieux. C'est ce qu'on attend de nous.

Une fois de plus, j'ai écrit ce récit de mémoire, ne me référant à mes notes qu'en cas de nécessité.

Une lettre de Jack, mon frère aîné, est arrivée hier. Il m'apprenait que James avait disparu, mais qu'Ellie et lui étaient sûrs qu'il reviendrait un jour ou l'autre. Je ne sais que répondre. Vaut-il mieux lui laisser cet espoir quelque temps ? Si je lui fais part de ce que je sais, il me blâmera. À ses yeux, mon statut d'apprenti épouvanteur n'apporte que du malheur à notre famille. Il n'a pas tort. Je crois que James est mort, tué par les serviteurs du Malin. S'il n'avait pas été mon frère, il serait encore en vie.

Nos tâches se poursuivent, mais à présent, quand la cloche sonne au carrefour des saules, c'est moi qui me charge de régler le problème. Gobelins, fantômes, sorcières parfois, je les affronte seuls. Mon maître passe beaucoup de temps dans le jardin. Il vieillit visiblement, et sa barbe est devenue blanche. Il me rappelle les vieux que je voyais, enfant, assis sur la place du marché, à Topley. Ils semblaient s'être retirés du jeu et attendre la mort, se contentant d'observer et de se souvenir. John Gregory attend la mort, lui aussi, et cela me navre. C'est un fardeau de plus qu'il me faut porter.

Judd Brinscall s'est installé dans le moulin, au nord de Caster, emmenant avec lui les trois chiens. Il a repris le territoire qui fut autrefois celui de Bill Arkwright, et il est fort occupé à lutter contre une invasion de sorcières d'eau. J'essaie de lui pardonner sa trahison ; je n'arrive pas à l'oublier. Ce sera long.

Grimalkin est de nouveau par monts et par vaux, chargée du sac de cuir, poursuivie par les serviteurs du Malin. Je lui ai proposé de lui prêter le poignard. Elle avait refusé la Lame du Destin ; cette fois, elle a accepté Tranche Os. Elle me le rendra quand Alice reviendra de l'obscur avec la troisième arme, afin que les trois objets sacrés soient en ma possession.

Notre combat contre l'obscur se poursuit. Mais Alice me manque. Et le temps passe. Nous voilà presque en août, et je viens d'avoir seize ans. J'ai entamé ma quatrième année d'apprentissage auprès de l'Épouvanteur. Il ne nous reste que trois mois avant Halloween, où nous aurons une chance d'accomplir le rituel et de détruire le Malin une fois pour toutes. Chaque matin, je m'éveille avec l'espoir de voir Alice revenir de sa quête dans l'obscur. À mesure que les heures s'écoulent, mon humeur s'assombrit. Au crépuscule, le chagrin me submerge à l'idée que je ne la reverrai jamais.

Même si elle réussit, ce sera le début de la véritable horreur. La lettre de maman n'explique pas seulement comment je devrai la sacrifier ; elle révèle d'autres aspects du rituel. Il y est question d'utiliser un skelt vivant. J'ai un mauvais pressentiment. Lorsque je pense à cette créature, des images pénibles ressurgissent. Et cela me trouble qu'une tête de skelt orne le pommeau de mon épée et de mon poignard.

Je pense sans cesse à la tâche qui nous attend. Si nous échouons, le Malin l'emportera, et ce sera le début d'un nouvel âge de ténèbres.

Ignorant tout du rituel et de ce qu'il implique, mon maître est surtout soucieux de retrouver le *Codex du Destin*. Il a raison de s'inquiéter. Aux mains de nos ennemis, le grimoire maléfique serait redoutable.

En dépit de tous ces évènements, je ne suis toujours qu'un apprenti, même si je dois me comporter comme l'épouvanteur de Chipenden. Il me faut anticiper le temps où John Gregory ne sera plus là, pas même pour me donner un conseil.

Thomas J. Ward

Découvrez
un autre roman
à ne pas lire la nuit...

TY DRAGO

L'ÉVEIL DES MACCHABS

En librairie le 10 avril 2014

bayard jeunesse

1

DES MORTS QUI MARCHENT

Ma vie bascula du tout au tout un mercredi matin ensoleillé du mois d'octobre, quand je découvris que mon voisin était un mort-vivant.

La journée avait pourtant débuté on ne peut plus normalement : ma mère me harcelait pour que j'enfile mes vêtements, et ma sœur Emily, cinq ans, pleurait parce que le câble était en panne et qu'elle ne pouvait donc pas regarder *Dora l'exploratrice*. Moi, j'étais dans la salle de bains, à essayer de plaquer sur mon crâne cette mèche rebelle qui s'obstinait à s'y dresser.

Mon nom complet est William Karl Ritter, mais tout le monde m'appelle Will. J'ai douze ans, et il serait difficile d'être plus « dans la moyenne » que moi. Je ne suis ni maigre ni gros, pas particulièrement grand, mais pas petit non plus. Et si je ne suis pas moche comme un pou, on ne peut pas dire que je sois très beau. Ce qui me singularise, en fait, c'est que je suis roux. J'ai le teint pâle et les yeux verts de ma mère, et les taches de rousseur et les cheveux poil-de-carotte de mon père, qui qualifiait toujours cette tignasse « d'héritage familial ». Il prétendait en effet que le premier Ritter à avoir mis les pieds sur le sol américain avait déjà les cheveux roux, caractéristique qui s'était ensuite transmise de génération en génération. Si cette histoire est avérée, c'est quand même un étrange héritage ! Qui a déjà entendu parler d'un Allemand aux cheveux roux, hein ?

J'ai toujours détesté être roux, et c'est encore le cas aujourd'hui. Enfin, plus ou moins...

On peut dire qu'il y avait pas mal de choses que je ne supportais pas à cette époque. Le collège, par exemple. Je m'ennuyais en cours. Et je détestais qu'on m'appelle « Rouquin ». Le pire, c'était quand les durs du bahut s'amusaient à me plaquer au sol et à jouer à « Relie les points » avec un stylo. Les points en question, c'étaient mes taches de rousseur...

Mais ce qui me faisait le plus souffrir, c'était que mon père ne soit pas là pour intervenir et régler les problèmes.

— Le bus arrive dans dix minutes, Will ! lança ma mère depuis le rez-de-chaussée.

(...) J'attrapai mon sac à dos suspendu près de la porte et sortis.

EXTRAIT

– Passe une bonne journée ! s'écria ma mère.

Ma journée fut tout sauf bonne.

Je sautai au bas des marches, laissant la porte claquer dans mon dos. J'étais bien déterminé à atteindre l'arrêt de bus, tout en haut de la colline, en moins de trente secondes chrono. Mais je n'étais même pas arrivé sur le trottoir que le vieux Pratt m'appelait. Au ton de sa voix, je devinai qu'il était en pétard. Comme d'hab', quoi !

Je poussai un grognement muet :

« Qu'est-ce que j'ai encore fait ? »

Et, à la seconde où je me tournai vers lui, école, foot et arrêt de bus, tout ça fut balayé d'un coup de mon esprit.

– Hé, gamin, t'as encore mis tes ordures avec les miennes !

Ça faisait environ deux ans que le vieux Pratt avait emménagé juste à côté de chez nous. Sa maison était pratiquement identique à la nôtre, c'est-à-dire pratiquement identique à toutes les autres maisons de Grape Street, notre rue, cette dernière étant pratiquement identique à toutes les autres rues de Manayunk, dans la banlieue de Philadelphie, là où on habitait : une enfilade de maisons à un étage, avec un bardage en vinyle, des fenêtres carrées et un toit plat en bitume. « Le standard Manayunk », comme l'appelait ma mère.

Pratt était le ronchon du quartier. Il avait dépassé les soixante-dix ans, vivait seul, ne recherchait pas la compagnie des autres, et devenait furibard sans raison valable plus rapidement que n'importe qui.

– C'est à toi que je cause, Ritter !

Je m'efforçai de répondre. Si, si, je jure que c'est vrai ! Mais aucun son ne sortit de ma bouche. Quand on se retourne en s'attendant à voir quelque chose de familier – pas nécessairement agréable, hein, mais familier – et qu'on découvre à la place un truc totalement inattendu, il faut un peu de temps avant que le cerveau se mette d'accord avec ce que les yeux lui montrent. On pourrait parler d'effet de choc. Moi, j'appelle ça l'effet « J'hallucine total ! ».

Ernie Pratt était mort, du genre mort de chez mort, ce qui ne rimait à rien, car, pour autant que je sache, les morts ne se mettent pas en pétard.

Comme tous les matins, il était habillé de pantoufles et d'un peignoir blanc en éponge, sauf que la peau de ses pieds était à présent aussi craquelée que du vieux papier. Son visage était couleur de cendre, et la chair semblait adhérer à son crâne. Un de ses yeux pendait hors de son orbite, se balançant au bout d'un gros nerf. L'autre présentait une couleur laiteuse, comme celui d'un aveugle, et était rivé sur moi. Ses lèvres étaient invisibles, entièrement retroussées, laissant voir une bouche aux gencives noircies et la moitié des dents qui lui restaient, jaunies comme de l'œuf pourri.

Et c'est d'ailleurs ça qu'il sentait. La puanteur me frappa tel un coup de massue. Ce fut si violent que je reculai d'un pas en chancelant. L'odeur fétide de la chair en décomposition me retourna l'estomac, menaçant le toast d'une éjection aussi soudaine que violente. Si je réussis à le garder au fond de mon ventre, c'est surtout parce que je voyais bien que le vieux Pratt ne me quittait pas des yeux, ou plutôt de son œil « valide ». Qu'espérait-il découvrir ? De la peur ? Du dégoût ? À cet instant-là, j'en avais à revendre ! Mes genoux menaçaient de céder sous moi, et tout mon univers, tout ce monde qui m'était familier et dans lequel je me sentais en sécurité, semblait glisser comme du sable entre mes doigts.

— Qu'est-ce que tu regardes comme ça, Ritter ? demanda le cadavre ambulant. T'as un problème ? T'as perdu ta langue ?

Il sourit, fendant ce qui lui restait de bouche en une grimace qui me glaça l'échine et me fit frissonner jusqu'au bout des orteils.

Pratt n'était pas mort récemment. À le voir, il était clair qu'il était décédé depuis un bout de temps... peut-être même depuis plusieurs semaines ! Mais pas plus tard que la veille, il n'appartenait pas à la catégorie des cadavres ambulants. De ça, j'en étais sûr ! Alors, que lui était-il arrivé ?

– Ça... ça va, balbutiai-je, un peu surpris d'entendre des mots sortir de ma bouche.

Le mort me considéra, la tête penchée sur le côté en un angle étrange, l'air plongé dans ses réflexions. Et tandis qu'il se tenait ainsi, une série de scarabées noirs sortit en file indienne d'une plaie béante sur son cou, avança sur sa clavicule et disparut sous son peignoir blanc.

Ce fut la goutte d'eau qui fit déborder le vase. Les yeux écarquillés, je m'éloignai de lui en titubant. J'avais l'impression que mon estomac allait bondir hors de ma bouche. Je jetai un coup d'œil vers la façade de ma maison, espérant surprendre ma mère sur les marches, en train de s'assurer que je partais bien au collège. Ça lui arrivait, à l'occasion. Mais, aujourd'hui, apparemment, ce n'était pas le cas. Sans doute Emily restait-elle inconsolable.

J'allais mourir à cause d'une panne de télé.

– T'es sûr ? s'enquit Pratt-le-Mort. Parce qu'on dirait pas...

Et, à mon horreur absolue, il me saisit par le bras. Là, je ne criai pas. Si je l'avais fait, ma mère aurait pu l'entendre et serait venue à la porte. Et les choses auraient pris une tournure différente... peut-être pire.

Au lieu de cela, je fouettai l'air des bras et reculai tant bien que mal.

Pratt était costaud. Je le sentais à la façon dont il me serrait de ses doigts secs et gris. Il me gratifia une nouvelle fois d'un hideux sourire ; il ressemblait à un cadavre en décomposition qui viendrait juste de gagner au loto. Son œil laiteux brillait comme un phare tandis qu'il essayait de m'attirer vers lui.

C'est alors qu'il recommença à parler. Sauf que non. Sa bouche noircie aux lèvres retroussées resta bien fermée. J'eus l'impression que les mots sortaient de ma tête... Décousus, comme s'il les prononçait l'un après l'autre, chacun censé former un bout de phrase.

– *Que. Vois. Tu. Garçon ?*

Je réagis aussi instinctivement qu'un animal et fis décrire un grand moulinet à mon bras avant de l'abattre sur son poignet. Le coup n'était pas prévu. Je n'avais pas visé. Je l'avais fait, c'est tout. Je ne savais pas ce qui allait se passer. Mais ce qu'il y a de sûr, c'est que je ne m'attendais vraiment pas à ce que la main noircie de Pratt-le-Putréfié se casse net !

Me retrouvant soudain libre, je titubai, faillis tomber à la renverse, recouvrai mon équilibre et déguerpis vers le haut de la rue, en direction de mon arrêt de bus. À mi-chemin, je m'aperçus que la main était toujours accrochée à ma manche. Et pire que ça : elle gigotait encore un peu.

C'est là que je poussai enfin mon premier cri.

*Cet ouvrage a été mis en pages
par DV Arts Graphiques à La Rochelle*

Impression réalisée par

CPI
BRODARD & TAUPIN

La Flèche

*en février 2014
pour le compte des Éditions Bayard*

Imprimé en France
N° d'impression : 3003795